在这世界的
角落

（日）河野史代　（日）莳田阳平 著

毛叶枫 译

新星出版社　NEW STAR PRESS

KONOSEKAI NO KATASUMINI
©Fumiyo Kouno, Yohei Maita 2016
©Fumiyo Kouno/Futabasha/Konosekai no katasumini Project
All rights reserved.
First published in Japan in 2016 by Futabasha Publishers Ltd., Tokyo.
Simplified Chinese translation rights arranged with Futabasha Publishers Ltd.
Through Beijing kareka consultation center.

图书在版编目（CIP）数据

在这世界的角落/（日）河野史代，（日）莳田阳平著；毛叶枫译.—北京：新星出版社，2017.11（2018.2重印）

ISBN 978-7-5133-2859-3

Ⅰ.①在... Ⅱ.①河... ②莳... ③毛 Ⅲ.①长篇小说-日本-现代 Ⅳ.①I 313.45

中国版本图书馆 CIP 数据核字（2017）第 235224 号

在这世界的角落
（日）河野史代，（日）莳田阳平 著；毛叶枫 译

责任编辑：汪欣
责任印制：李珊珊
装帧设计：所以设计馆
出版发行：新星出版社
出 版 人：谢刚
社　　址：北京市西城区车公庄大街丙 3 号楼 100044
网　　址：www.newstarpress.com
电　　话：010-88310888
传　　真：010-65270449
法律顾问：北京市大成律师事务所
读者服务：010-88310811 service@newstarpress.com
邮购地址：北京市西城区车公庄大街丙 3 号楼 100044
印　　刷：济宁华兴印务有限责任公司
开　　本：787mm×1092mm 1/32
印　　张：7.5
字　　数：146 千字
版　　次：2017 年 11 月第一版 2018 年 2 月第二次印刷
书　　号：ISBN 978-7-5133-2859-3
定　　价：36.80 元

版权专有，侵权必究； 如有质量问题，请与印刷厂联系调换。

目录

002	昭和 8 年 12 月 22 日	
011	昭和 10 年 8 月 15 日	
019	昭和 13 年 2 月 18 日	
027	昭和 18 年 12 月 26 日	
036	昭和 19 年 2 月 23 日	
050	昭和 19 年 3 月 28 日	
062	昭和 19 年 4 月 17 日	
068	昭和 19 年 4 月 20 日	
075	昭和 19 年 6 月 15 日	
079	昭和 19 年 7 月 1 日	

090	昭和 19 年 8 月
100	昭和 19 年 9 月
105	昭和 19 年 9 月 18 日
110	昭和 19 年 9 月 24 日
116	昭和 19 年 11 月
121	昭和 19 年 12 月
131	昭和 20 年 2 月
135	昭和 20 年 2 月 26 日
140	昭和 20 年 3 月 19 日
146	昭和 20 年 4 月 3 日
153	昭和 20 年 5 月 5 日
158	昭和 20 年 5 月 14 日

161	昭和 20 年 6 月 21 日
170	昭和 20 年 6 月 28 日
175	昭和 20 年 7 月 1 日
182	昭和 20 年 7 月
188	昭和 20 年 7 月 28 日
193	昭和 20 年 8 月 6 日
204	昭和 20 年 8 月 15 日
210	昭和 20 年 9 月 17 日
215	昭和 20 年 10 月 6 日
219	昭和 20 年 11 月
226	昭和 21 年 1 月
232	昭和 21 年 1 月

昭和 8 年 12 月 22 日

· 1933 年 ·

铃背着足有自己半个身子那么大的包袱，走在沿海而筑的路上。

她的右手边是大片退潮后的海滩，不远处，两只白鹭大概是发现了螃蟹，正在泥地里啄着。不一会儿，镜面般的泥沼变成了澄澈的蓝色海水。一条小船在平静的海面上滑行，渐渐向岸边靠拢。

"喂——，你这是要去哪儿呀？"

年老的船夫摇着橹向铃问话。当铃说出自己的目的地是中岛本町[i]时，船夫提出可以载她到中洲附近，铃满心庆幸地接受了。

上了船，铃屈膝正坐，双手伏地向船夫低头致谢，有礼貌的举止让船夫忍不住笑了。船夫问铃，这是要去办什么事。

"我要去中岛本町的'双叶'送海苔。本来是哥哥的工作，

---

[i] 位于广岛市中区，是旧时的繁华区域。现为广岛和平纪念公园所在地。——译者注（本书脚注均为译者注，以下不再一一标明。）

可是他感冒了,所以由我来代送……"

说到这里,铃挪了挪双腿,像是快要坚持不住了。她抬高左腿,摩挲着小腿。

"铃可真是个好孩子啊……哎呀,快起来快起来。我这船刚运完砂子,船上到处都是碎石……"

铃立起膝盖,碎石子儿稀里哗啦地落了下来。她松了一口气,放松了双腿。

"等送完海苔,我要给哥哥和妹妹买些礼物回去。"

"是嘛。"

进入本川之后,船速加快了。冷风拂过铃洁白的面颊。她双手撑在背后,抬着头,视线追随着远处飞走的白鹭。

该买些什么礼物才好呢。

铃从怀里掏出钱袋,把里边的零钱倒在手掌上。十钱的白铜币,一共有两枚。看着铜币,她默默盘算。

巧克力,豆沙面包,牛奶糖……不对,还是玩具更好吧。阿澄一直想要一个溜溜球……

"快到了。"

听到船夫的话,铃猛地抬起头。前边就能看见中洲那宽阔的街道了。船夫灵活地操纵着船橹,让船身靠近码头的台阶。

铃下了船走上台阶,一边说道"谢谢您",一边向船夫鞠躬致谢。

"噢,自己当心啊。"

船夫用船篙撑着台阶，缓缓驶离了岸边。

中岛本町位于本川[i]和元安川[ii]之间的中洲北侧，是广岛有名的繁华街道。中岛大道连接着西边的本川桥和东边的元安桥，道路两旁有许多商店，是一条颇具规模的商店街。

铃登上码头的石阶，被大道那边传来的热闹的音乐声所吸引，迈开了脚步。

商店街上人山人海。这拥挤的街景，让铃惊讶得睁大了眼睛。在那当中，有一个穿着鲜红外衣的大叔格外引人注目。看见他脸上覆盖着的洁白胡须，才知道原来他装扮成了圣诞老人。大叔的右手举着年末大降价的招牌，左手握着的铃铛也一刻不停地响着。

圣诞节是什么？铃完全不懂。但是，从商店街的气氛当中可以感受到，那一定是一件很快乐的事。比起这个，更让她感到兴奋不已的是那些摆在点心店门口，装着各种巧克力、奶糖和硬糖的漂亮盒子。

光是看着这些，就已经觉得很幸福了。铃嘴角上扬，露出了微笑。

巧克力十钱一盒，奶糖十钱一大盒，五钱一小盒……

点心店旁是玩具店，一个和铃差不多年纪的小女孩正站在门口玩溜溜球。商店的橱窗装饰成了圣诞节的样子，大大的圣诞树上闪烁着红色和蓝色的小灯泡。

---
i 流经广岛市内的河川。
ii 流经广岛市内的河川。

溜溜球十钱一个……

这还是铃第一次独自出门买东西，因此，给大家带礼物这件事，除了让她感到兴奋之外，也像个任务似的带着些难度。该怎么办呢……就在她边走边伤脑筋的时候，才发现不知不觉间，自己竟迷了路。

自己的目的地——名为"双叶"的餐馆，应该是在商店街的中段。而自己却已经走到了东边。铃慌慌张张地往回走，可不知怎地，无论如何也找不到看起来像是目的地的餐馆。正当铃束手无策时，一个男人从她身边路过，铃不由自主地抓住了他的披风下摆，男人身材高大，一身黑衣。

他回过头，眼睛几乎全被帽子给盖住了。

"请问——不好意思，请问'双叶'这家餐馆在哪里呀？"

"这……我也不知道……"

男人的声音沙哑得厉害，他递给铃一个小小的望远镜，说，"你可以用这个找找。"等铃从那毛茸茸的手里接过望远镜，男人又说，"从高处比较好找吧"，一下子把铃举到了肩膀上。

"哎呀，谢谢你。"

铃赶忙用望远镜对准了左眼，左看看右看看，视线却始终模糊不清。她转动望远镜筒调节着焦距，终于在连绵不断的瓦房顶对面看到了什么。

屋顶的上部是帽子似的半圆形……那是产业奖励馆。

"哇，看得真清楚呢！"

简直就像近在眼前一样。铃兴奋起来，她接着把望远镜转向了右边。这次她发现远处有一个庞大建筑物模糊的轮廓，便又开始调整起焦距。而突然出现在视野里的，竟然是广岛城。

两眼放光的铃身体前倾，失去了平衡，从男人的肩膀上掉了下来。

"啊！"

幸运的是，她不偏不倚地掉在了男人背着的篮子里。

"啊！"

铃第二次喊出声，是因为篮子里还有一个男孩，正抱着膝盖坐着。

他戴着学生帽，短裤里露出穿着长袜的腿。看起来比自己要大三、四岁，大概是普通小学校里的五、六年级学生。

看到铃直愣愣地盯着自己，少年说话了。

"这人是个人贩子。我们都被拐卖了。"

"啊？"铃吓了一跳，随即想到自己的任务，不禁皱眉。"糟了，傍晚我一定要赶回去喂鸡呢。"

"我也是。我还要和爸爸坐火车回家呢。"

"我也是我也是"，人贩子声音沙哑地说。"天黑前要是回不去，就要出大事了。"

"大事？会出什么大事？"

铃从篮子里探出身子，冲着人贩子壮硕的背影发问。

"吵死了！"人贩子回头。他的帽子悄然落下，一张像黑猩猩般毛发浓密的脸闯入了铃的视线——他的眼睛瞪得大大的，眼珠正中央小小的瞳孔闪着邪恶的光，张大的嘴里歪歪斜斜地排列着尖利的牙齿。

"不要问东问西的!"

被呵斥的铃,垂头丧气地缩回到篮子的一角。

"喂,不要随便惹他生气,会被当成点心吃掉的。"

"究竟会发生什么事呢……"

人贩子健步如飞,正要走过连接着中洲和商业街的相生桥。

从刚才人贩子的反应来看,如果天黑前回不去的话,他会十分为难。让人贩子为难的事,不正是我们的好机会吗?

铃想到了一个好办法。

她赶快解开系在脖子上的包袱,打开了海苔罐子——虽说这海苔是很重要的商品,可现在是生死存亡的紧要关头。用掉一片应该不要紧吧。

铃从一束海苔里取出一片,又在短上衣的口袋里摸索着。可是口袋里空空如也。她转向少年,问道,"你有小刀吗?""有,给你。"少年从自己的外套口袋里掏出小刀,递给了铃。

铃灵巧地用小刀切着海苔。少年不明白她在做什么,盯着铃手上的动作。

"做好了!"

铃扬起嘴角冲着少年微笑。

她把刻上花纹的海苔贴在望远镜的镜头部分,像是盖上了盖子一样,又用望远镜敲了敲人贩子的头。

"叔叔,叔叔。"

"好疼!"

"那里是什么呀?你快看看嘛。"

"嗯？哪里？"人贩子举起了望远镜。

一片漆黑之中，有月亮和星星。原来铃在海苔上刻出了月亮和星星的图案。

"……"

篮子摇摇欲坠，下一秒，铃就被抛到了桥上。她爬起来回头看看，只见人贩子倒在地上，"呼——呼——"地打起了呼噜。

"原来，只要天一黑，他就会睡着啊。"

小心翼翼地试探过人贩子确实睡着了，少年也从篮子里爬了出来。人贩子的手伸得长长的，像是在伏地跪拜一样，手上长着野兽般的长指甲。少年把一个奶糖盒子塞进了他的手里。

"这下，这家伙也没有晚饭可吃了，真可怜。"

"谢谢你啦，浦野铃。"

告别的时候，少年向着桥的另一端跑去。

"哎呀，是什么时候知道了我的名字……"

百思不得其解的铃，裤子的下摆上就写着"浦野铃"。

铃用蜡笔在包装纸的背面画下第一次出门买东西所遭遇的不可思议的经历，妹妹阿澄靠了过来。

"在画什么呢？"

"妖怪……"

"啊？"澄探出身体，伸长脖子看着。画里的铃手握望远镜，坐在妖怪的肩膀上，妖怪身披黑色的斗篷，满身毛发。接下来铃所画的，是落在竹篮里的铃和一脸惊讶的少年。

就像画漫画一样，铃接二连三地画着接下来发生的事。

"到了晚上，会有什么麻烦事呢？"

澄读了妖怪的台词，问铃。

"接着看就知道了。"铃继续画着——贴了海苔的望远镜，还有扑通一声倒下的妖怪。

"原来，到了晚上就会睡着啊。"

拿着全部画完的连环画，澄躺下，从开头读起。

"谢谢你啊，浦野铃。"

读到少年最后的台词，澄躺在榻榻米上一边啪嗒啪嗒地跺脚，一边大笑起来。"喂！太吵啦！"哥哥要一听见了，在隔壁房间里怒吼。澄蜷缩起身体，仍然忍不住"咯咯咯"地笑着。

铃转过身，面向母亲缝纫剪裁用的台子——铃用它来代替书桌——伸手拿起放在上边的奶糖盒子。

我总是迷迷糊糊的……所以，那天发生的事，一定也是我的白日梦吧。

尽管如此，闻到奶糖香甜的气味，少年的形象依然清晰地浮现在了铃的脑海。

昭和 10 年 8 月 15 日

· 1935 年 ·

夜晚的海，月影在漆黑的水面上摇曳。而早晨退潮后，海水却干涸得一丝不剩，暴露出海底的滩涂。湿地在朝阳的照射下闪着金黄色的光，就像是神的游乐场。一想到待会儿要从这上边穿过去，铃的心就兴奋得怦怦直跳。

早晨，大潮退去，平而浅的广岛湾上，铃的家所在的江波和叔父、祖母所居住的草津之间被退潮后的陆地相连接，走着就能到达。

出发前，父母不厌其烦地向铃交待着去叔父家的路线和打招呼时该说的话。不光是铃，哥哥要一和妹妹阿澄也都心不在焉。

"我们几个小孩自己过海，这还是第一次啊！真高兴！"

刚刚步下堤防，澄就撒腿跑了起来。光着的双腿从扎起来的和服下摆里伸出来，很快就沾上了泥巴。比起到处乱跑乱跳的阿澄，哥哥要一很快就走到了前边。

"听好了。'草津的叔叔、婶婶、奶奶,早上好。'这句由我来说。"

要一拎着装有西瓜的包袱,回头对妹妹们说。

"爸爸他们要先去镇上,所以会晚到一会儿。"

"请吃西瓜。"

铃和阿澄也反复背诵着自己的台词。

走了一会儿,要一的肩膀沉了下来。西瓜好像挺重的。

"小澄想拿西瓜——!"

"吵死了!"

要一的拳头落在了缠着他的阿澄头上。莫名其妙地,铃的头上也吃了一拳。

"!……"

"给你!"要一把西瓜推给铃,急匆匆地继续往前走。

西瓜比想象的要重。

不知不觉间,太阳升高了,火辣辣地照在几个孩子的身上。澄大概是走累了,蹲在地上开始撒娇。

"铃,背我——"

铃捡起一根树枝,在脚边的泥砂上画起画来。

"阿澄,你看这是什么?"

澄站起来,朝铃的方向走去,看着泥地上的画。

"是鸡!"

"再来",铃往前走了几步,又画了起来。"这个呢?"

澄急忙追了上去。

"……是妈妈。"

"答得好",铃摸了摸阿澄的头。她一边说"那,再看这个",一边又往前走了几步。

可是,阿澄却盯着画一动也不动。

"……要妈妈,背我……"

糟糕……

"哇——,快来看看这个到底是什么呀?!"

铃一边画画,一边大声喊着吸引阿澄的注意。画在泥地上的,是像鬼一样可怕的哥哥的脸。眼睛被画成了三角形,嘴里还喷着火。

澄被勾起了兴趣,终于走了过来。她一看见画,就答道"是鬼!"

"答错啦。要说是鬼嘛也算是鬼——"

这时,铃的眼前突如其来地冒起了金星。见两人走得太慢,折返回来的要一在铃的头上送上了拳头。

"太磨蹭了!哪还有玩的工夫!"

哥哥,还真是像鬼一样啊……

铃用一只手已经拎不动西瓜了。她双手抱起西瓜,高举到自己的面前,"嘿咻嘿咻"地继续向前走。视线被挡住的铃,丝毫没有察觉走在前边的要一停了下来,铃却丝毫没有察觉。直到"砰"地一下撞上了什么,她才疑惑地放下西瓜。

只见要一面孔向下摔倒在泥地上,正哆哆嗦嗦地发抖。澄觉得很有趣,也冲了上去。

"好痛！"

哎呀呀……

要一猛地抬起头来，真的变成了一副满脸是泥的鬼脸。

"铃，澄，你们这两个家伙……"

"……早上好。"

"爸爸和妈妈……呃……"

"西瓜……"

婶婶麻里奈被三个人满身是泥的样子给逗乐了，用舀水勺给他们冲澡。而三个孩子一边从头到脚地淋着水，一边结结巴巴地说着各自的口信。

"谢谢啦。一会儿先拿去供上。"

婶婶背着婴儿，笑眯眯的，叔叔站在她身旁吃惊地看着三个人，连每次都要说的"又长高了"也忘了说。

每逢盂兰盆节回家，祖母都会为这几个孙辈提前缝制好新的和服。正当祖母给铃试穿和服的时候，爸爸和妈妈也到了。

大家一起去扫了墓，回到家已经过了午饭时间。婶婶和妈妈马上去做饭。午饭有蘸汁素面、野姜和小茄子的腌菜、煮沙丁鱼、凉拌香葱。饭后还端出了在井水里浸得凉凉的西瓜。孩子们吃得饱饱的，加上徒步走到这里所带来的疲倦，几个人躺在凉爽的佛堂里睡起了午觉。

忽然，铃像是感觉到了什么，她睁开了眼睛。右手边是澄在睡梦中微弱的呼吸声,左边则传来要一的鼾声。

像画画似的,铃用指尖沿着天花板的木质纹理描画,视线也随之移动。到了角落的位置,她的目光停滞了。只见天花板被搬开了一块,一个女孩正从那儿往下窥视。铃吃惊得张大了嘴,无法动弹。

女孩踩着门框上的横木,敏捷地从天花板跳到了地面,飞快地横穿过铃的枕边。铃缓缓地坐了起来。

女孩的年纪看起来和自己差不多,头发很毛糙,身上的和服也破破烂烂的。只见她在走廊上盘腿坐下,专心致志地啃起了铃她们吃剩的西瓜皮。

喀哧喀哧喀哧,喀哧喀哧喀哧。

铃壮起胆子向女孩搭话。

"你……好……"

女孩回过头,目不转睛地盯着铃。随后动作细微地低头行礼。铃也深深地低头回礼,她站起来,指着西瓜。

"那个……西瓜,我再给你拿些出来吧?"

女孩轻轻点了点头。

铃喊着"婶婶——",跑出了佛堂。

可是,当铃端着切好的西瓜回来,走廊上却再也找不到女孩的身影。佛堂里,父亲十郎正在喊醒要一和澄。

"快起来,退潮了,准备出发了。"

铃端着西瓜盘子,呆呆地站在原地,祖母拿着晾干的和服走了过来。

"放在那儿吧,过一会儿会回来吃的。"

铃点点头,目光落在了祖母手里的和服上边。

"那……把和服放在这儿,她也会来穿吗?"

祖母笑着抚摸铃的头。

"铃真是一个温柔的人啊。"

祖母的话让铃不知该如何回答。

夕阳西下,当周围的景色被染成橙色时,又到了能够看见海底的时刻。眼角的余光里,正在滩涂上渐渐蔓延开来的红色海面,浦野一家人匆匆地走在回家的路上。

"那不就是老师说的座敷童子[i]?出现在家里,就是好兆头。"

要一把叠好的和服顶在头上,答着铃的话。

"唔……"

阿澄趴在爸爸的背上,睡得正香。妈妈跟在他们身后慢慢走着。铃的前边有四个长长的人影。

这还是第一次被人夸奖"很温柔",这一刻,铃眼前的景色也好、人也好,都笼罩上了一层暖暖的薄雾。

闭上眼睛,铃的面前浮现出座敷童子般的女孩正看着祖母做针线活的光景。祖母将破旧的和服缝补整齐,而"座敷童子"身上穿着铃的和服,正开心地笑着。

"什么?你把和服留在草津了?"

---

i 日本东北地方传说中的一种精灵。形象为小童,能使家业兴旺。

当天晚上,铃一边吃晚饭,一边战战兢兢地说出了这件事,要一听了瞪着铃,眼睛也变成了三角形。

"你这个笨蛋,现在给我游过去拿回来。"

铃的头上又吃了一拳,痛得她伸手揉了揉,叹了口气。

因为祖母夸奖了自己,就一时大意,忘记了哥哥是多么恐怖……

昭和 13 年 2 月 18 日

・1938 年・

铃抱着梯子形的架子,上面扎着十几片漉好的海苔,顶着风一路走到了晾晒场,裙子在大风里舞动。她把架子搭在晒海苔的平台的竹子上,刚刚松了一口气,就听见了身后要一的喊声。

"铃!挂低一点!会被风吹走的。"

"噢",铃把架子重新挂低了一些,又把旁边的架子也调整成相同的角度,接着转身面向身旁带着澄一起劳作的妈妈。

"妈妈,给我二钱。我的铅笔丢了。"

"一支都没有了吗?"

"只剩下一支了……"

一旁的要一听着他们的对话,一边换上校服,一边对铃说,

"既然还有,就忍到下个星期发零花钱再买吧!你少画几张乱七八糟的画不就行了嘛。"

"呜呜……"

铃藏在梯子后面,转向澄说,"阿澄,要不要和我交换铅笔?"

"不要。"澄毫不留情地拒绝了铃。

妈妈压低了声音问铃。

"铃啊,水原家的阿哲,每天都去学校吗?"

"嗯?去的……"

"你要多关心一下他。"

"嗯……",铃一下子变得支支吾吾的,她随口应道,"知道了。"

进了六年级三班的教室,铃打开塑料笔盒的盖子,"哈哈——"地往冻僵的手上呵气。她摩擦双手,感觉到温暖之后,她拿起小刀,又从笔盒里拿出已经磨秃的铅笔。

铃将小刀的刀刃放在铅笔的前端,削尖笔芯。正在检查笔尖的时候,坐在旁边的莉说话了。

"好——短。"

"不知道能不能撑过这星期呢。"

铃忧心忡忡地看着只有小指指尖那么长的铅笔。

"这次可千万别再弄丢了。"

"真是。"

铃拿起装有铅笔屑的笔盒盖子离开座位,在墙边木地板上的小洞前蹲下,"咚咚咚"地把铅笔屑敲进洞里。这时,不知从哪滚来一个骰子撞到了墙上,接着滚进铃面前桌子的阴影里不见了。

"呀——"听见莉的叫声,铃回过头,看到自己的桌子被水原哲举了起来。哲举起桌子在地板上四处看看,咂了咂舌。"没有……"

"对了,水原,我妈妈说……"

哲眼神一转,瞪着铃。

"唔……她说……请告诉你妈妈,如果有什么需要我们家帮忙的……"

哲举止粗暴地放下手里的桌子,居高临下地看着铃。他是班里个子最高的,比铃高出了一个头还不止。铃步步后退,哲抓住她的衣服前襟,说,"听不懂,你这是什么意思?"说完,从铃的手里抢走了铅笔。

"啊……"

哲瞪着门口的方向,大喊"喂——就用这个来代替棒球吧!","浦是一垒打,野是二垒打,铃是三垒打——"

"等等,还给我!"铃赶忙去抢哲手里的铅笔。男生们平时总会因为棒球游戏而兴奋起来,这时却也都上前制止哲这幼稚的恶作剧,"哲,算了吧。"

"啧。"哲瞪着铃咂舌,"哼。"他把铅笔随手一扔。铅笔落在铃的头上又反弹到了地上,咕噜咕噜地滚动着,最后消失在了地板上的洞里。

"啊啊——"

铃跑到洞的前边,沮丧地垂下肩膀。

"前天我的铅笔也是从这里掉下去的——!"

"铃真可怜啊"，莉走过来。哲像是对铃的那副样子看不顺眼，噔噔噔地大步走到她身边，一把抓住了她的辫子。

"用蘸水笔不就好了。"

"好痛好痛。"

哲转身跑回到男生当中，这场风波总算是平息了。

"唉。我都忘了女生之间的规矩了——看到水原就要赶快逃跑。"

铃自言自语，用毛笔代替铅笔记着笔记。

这天的最后一节课是绘画课。题材不限。老师说，交了的人就可以回家，一听到这话，孩子们一齐冲出了教室。

莉即将去读女子学校，她提议趁这最后的机会来画校舍，铃于是也决定画校舍。在规定的时间内完成了画作，她们回到教室。

老师看了铃的画，说，"不愧是浦野，画得真好。"

"真好呀，铃，你真会画画。"

听到莉的夸奖，铃正害羞，老师又发话了。

"不过，上午上课的时候可是打了瞌睡啊。"

没想到竟被老师发现了，铃皱起了眉。

一回到家，铃就开始帮忙干活。她把架子上的海苔整理好，对妈妈说，"我去捡些树枝回来。"就从家里飞奔了出去。

铃来到江波山上的松树林里，蹲着捡起满地的松叶，放进篮子。她像小兔子一样,蹦着从一处跳到另一处搜集松叶。正当铃从篮子里拿出一把松叶,一边拿在手里玩一边往前走的时候,眼前忽然变得开阔起来,原来她已经穿过了松树林。

不经意地看看前边,铃发现草地上散乱地扔着颜料和书包。她走到一旁,停下了脚步。

哲坐在悬崖的边缘,看着面前广阔无垠的海。

遇见一个烦人的家伙了。

铃原本想要悄悄地折返,可想到了妈妈交待的话,她又回了头。

"……水原同学……你不早点交画,老师是不会让你回家的。"

哲慢慢地站起来,背对着铃说话了。

"不回家了。爸爸和妈妈连海苔也不摘,整天喝得醉醺醺的。我讨厌大海。不画了。"

哲给人的感觉和刚才完全不一样,铃无法移开视线。哲走到铃的面前,停下了。

"浦野,把手伸出来。"

"什么?"

铃战战兢兢地伸出右手。在她的手里,哲放上了一支新的铅笔。

"拿去。"

"咦……可是……"

"这是我哥哥的,我还有好多呢。"

说完,哲又朝海的方向走去。他站在悬崖的边缘,把学生帽的帽檐向下拉了拉，像是不想让人看到自己的脸。

"白兔跳得可真高啊。新年里的翻船事故也是在这么汹涌的海里……"

哲的背影显得十分寂寞，铃盯着那背影。

"想画你就画吧。画这片无聊的海。"

铃拿起一旁的画板，在哲的身边坐下，用蘸了浅蓝色的颜料的笔在雪白的画纸上唰地画下一条线。

"水原，你刚才说的是什么意思呀。"

"嗯？啊，因为白色的波浪就像是兔子在跳……"

铃描绘着水平线尽头岛的轮廓，又在画面的两端画上松树。

"……水原，我把哥哥送给你吧。"

"不要。男生之间有个规矩，看到浦野的哥哥就要赶快逃跑。"

铃接着画好草地，给海涂上蓝色。

"不过，就算这样……也比加入海军学校、淹死在海里的傻瓜要好。"

画着海面上如无数白兔跳跃般翻涌的海浪，铃说，

"真的。真的像兔子一样。"

最后，画上眺望大海的哲的背影，铃停下了画笔。

"嗯，画好了。"

哲已经去过一趟松林，又走回来，他默默地看着铃的画，然后，把篮子粗鲁地放在了铃的头上。

"给你捡了树枝。"

趁着铃用双手去扶头上摇摇欲坠的篮子，哲拿走了画板。

铃看着装满了松针的篮子，向哲道谢。

"谢谢你。"

"真是多此一举。你都画好了，我也不得不回去了。"

"不过，看着这样的画，也不是那么讨厌大海了……"

哲喃喃自语，随后向山下走去。

铃看了看手里的篮子，只见松针里插着一朵山茶花。

昭和 18 年 12 月 26 日
・1943 年・

春天,哥哥要一被征入了军队,浦野家变成了四个人。铃的耳旁再也不会炸起雷鸣,头上再也不会落下爆栗,每一天都显得无忧无虑。可是十八年来,伴随着哥哥可怕的雷鸣与爆栗生活至今,现在却总感觉少了些什么,有点寂寞。等到年底,好不容易习惯了这寂寞,铃的人生却出现了一个巨大的转折。

那天,铃和澄去草津的叔叔家帮忙。在养殖场摘完海苔以后,她们继续做起了抄制海苔的活。看着漉网里铺得平平的海苔,婶婶麻里奈夸奖铃,"越做越好了。"铃感到很得意。

到了吃午饭的时间,铃和澄、祖母,还有已经九岁的堂妹千鹤子一起围坐在矮桌边。

"好远哦。"

千鹤子看见铃握着筷子的手,说道。

"小铃姐姐要嫁到很远的地方去呢。"

"真的吗？"铃喝着杂烩粥，一边问千鹤子。

"小澄姐姐就很近啊。"

这次，千鹤子又看着伸筷子去夹腌菜的阿澄的手说道。看到一脸好奇的铃和澄，正在盛粥的祖母说话了。

"都说筷子拿得远的孩子就会嫁得远。"

两姐妹恍然大悟，"原来是这样"，她们相互比照着彼此拿筷子的方式。确实，铃握的位置比较高，而阿澄握得比较低。

"奶奶，你是从哪里嫁过来的呀？"

听到千鹤子的问题，祖母答道，"我是从古江来的。"

孙女们盯着她的手，发现祖母握筷子的位置相当的高。

"从旁边的古江嫁到草津就要拿这么远，那嫁去满洲一类地方的人，是不是连火筷也不够用呀。"

"话虽如此，浦野澄却重新拿远了筷子。"

面对铃毫不留情的吐槽，澄害羞了，"可是，距离太近的人，没有想象的空间嘛。"

这时，厨房的方向"啪嗒啪嗒"地传来了急促的脚步声，伴随着"咣当"一声响，门被用力拉开了。

"小铃，快回家去！"

出现在眼前的人是婶婶，铃正把碗举到嘴边，被这气势给吓住了，动作也凝固了。

"刚刚接到一个电话……我以为出了什么事，原来是有人去你家要给你提亲呢！大老远从吴市来的。"

"吴市？"

千鹤子转向铃。祖母站起来,一边往里屋走一边问铃。

"铃啊,你几岁啦?"

"十九……实岁是十八。"

"要是不满意就拒绝对方。自己总要亲自去见一见。"

听到婶婶的鼓励,铃点了点头,可是一点都没有真实的感觉。

来我家……提亲?

"铃,你过来一下。"里屋传来了祖母的声音。

见铃走进房间,祖母从柜子里拿出包好的和服,轻轻地放在地板上。

"我想着,你总归是要出嫁的,就提前缝好了。"

祖母伸手打开包袱,铃在她面前坐下。

"但愿你穿着合适。"

铃拿起和服,在自己身上比划。和服的布料上有红色的山茶花图案,是很气派的友禅染[i]。

"谢谢……"

"要在对方家里办婚礼吧?"

"嗯。"

铃一边把和服包好,一边听祖母说话。

"那天晚上,新郎会问你,'带伞来了吗?'"

"嗯。"

"你就要说,'带了一把新伞。'"

"啊?"

---

i 一种日本传统的染制布料的方式,图案多为花鸟植物。

"然后啊,如果对方说,'能撑开吗?'你就要说,'可以。'知道了吗?"

"为什么呀?"

"没有为什么。"祖母的脸上一反常态地带着严肃的表情,铃即便摸不着头脑,也不由得毕恭毕敬地挺直了背。

住在这附近的人正好要出船,铃就顺路搭船回了江波。

浦野家门前的一片土地在过去是海苔养殖场,现在被填成了萝卜田。铃低着头走在田地边的路上。

我好像……要成为一个大人了……

"说到吴市,那里有军港,水兵经常往来……"

视野里出现了一双男人的脚,铃停下脚步。她抬起头,面前站着的,是身穿海军上等兵制服的哲。

"……咦?水原同学?"

铃盯着哲的脸,微微后退。

"……好久不见。"

哲从强颜欢笑的铃身旁走过,说道。

"早上好。快点回家吧。"

"啊?!"

铃回头看着已经擦肩而过的哲。哲放慢了步伐,站住了。

"你妈妈一惊一乍的,附近的人都知道了。"

"哎……吓死我了!我差点儿以为来提亲的人是你呢!"

听见铃冒冒失失地喊出这句话,哲回头,"你这个笨蛋!"

"我是因为哥哥的七周年忌辰,才专程回家的。"

对自己的急于否定,哲感到有些不好意思。竟然把哲当成了来提亲的人,铃也感到几分害羞,两个人同时转身背朝对方。

"……你不认识吗?那个人。"

"不认识。"

铃没精打采地迈步,哲也向反方向走去。

"……是不是把我跟阿澄搞混了,明明是阿澄长得更好看……"

"……我倒不这么觉得。"

哲的这句话,让铃停下了脚步,可哲却头也不回地走远了。

听到他的足音渐渐远去,铃也向着家的方向加快了步伐。

到了家,铃没有直接进门,而是向后院绕去。

透过客厅的玻璃拉门,能看到对面正拘谨地坐着两个客人模样的人,铃蹑手蹑脚地贴近了玻璃。其中,年纪像是父亲的人带着圆圆的眼镜,看起来一本正经的。而坐在他旁边的青年大概就是来找自己提亲的对象吧。

青年的长相被拉门上的格框给挡住了,看不清楚。铃一边小心着不要被发现,一边将脸靠近玻璃。

看见了。

他的头发很短,只比光头稍微长那么一点点。英武的细眉下边,双目细长而清秀。不知是不是因为紧张,青年薄薄的双唇紧紧地闭着。

透过玻璃,像是父亲的男性的声音,微弱地传到了铃的耳中。

"……也许是在这边上学的时候,在哪看见过……说起来,找到你们家可是费了不少力气。"

坐在两人对面的十郎说话了。

"因为江波一带填海,我们家已经不做海苔生意了。"

这时,妈妈端着装有点心的盘子走了过来。

"她差不多也快到家了。"

"唔……",父亲伸手去拿茶杯。青年维持着僵硬的表情,一动也不动。

铃悄悄地离开了玄关。

铃自己也不知道,这次提亲算不算是一件好事。只是,看见那个青年的脸时,她的嘴里仿佛泛起了奶糖的甜味。

为什么会来找我呢……

铃一边爬着江波山,一边心不在焉地思考。

秋天的寒风刮过铃的耳边,"好冷",她戴上了头巾。

穿过松树林,铃来到了能俯瞰大海的悬崖。曾经跳跃着白兔的大海被填埋起来,建起了好几个工厂。远处蔓延着深灰色细长形的海。

"真不知道该怎么办啊。"

铃解开包袱,拿出祖母交给自己的友禅和服,小声地自言自语。

"……虽说不愿意的话也可以拒绝。"

铃把和服披在身上。她怎么也无法想象,自己会嫁去别人家。

"但是那个人,我也说不上来是愿意还是不愿意……"

正当她看着眼前的风景时,背后传来了一声"你好……"

"你好。"铃回过头,看见刚才那个青年和父亲站在一起。

"!……"

"我们迷路了。"

"请问电车站在哪儿呀?"

青年一边挠头,一边问铃。

想去有轨电车的车站,不知怎地就爬到山上来了……

真是两个怪人啊,铃心想。她为两人指了路。

"在这边。"

"不好意思。"

"之前有一位态度亲切的海军先生给我们指了路。"

父亲模样的人说道。铃听了这话,心中了然,原来这是阿哲的恶作剧啊。

"哎呀,那可是一个怪人。"

过了几天,浦野家收到了提亲的对象——也就是北条周作——的父亲圆太郎写来的明信片。十郎高高兴兴地念了起来。

"在山里遇到一个奇怪的女子给我们指了路,平安无事地回到了家。"

"啊……"

确实,自己把和服披在头上,看起来是很奇怪,可是——铃忍不住在心里反驳——爬到山上去找电车车站的人也非常奇怪嘛。

昭和19年2月23日

・1944年・

从江波的浦野家到吴市,要先坐市内电车到横川站,在横川站乘坐山阳本线到广岛站。再从广岛站换乘吴线,单程要花费两个多小时。

浦野一家结束了旅途,走出吴市车站,在车站前的巴士站坐上了木炭巴士[i]。木炭巴士穿过吴市的大街小巷,向着北条家所在的灰峰山脚下开去。可是,没等到达目的地,巴士就停了下来。因为使用的燃料不如汽油,动力不足,不能再往上爬了。

没办法,浦野一家下了车,吃力地爬起了坡道。终于到达了距离北条家最近的车站,一位身穿黑色和服礼服的妇人早已等在了那里。

"果然啊,巴士开不上来吧?"

"小林女士。"妈妈和爸爸赶紧停下脚步,铃一头撞到了妈

---

i 1920—1940 年间,因战争造成的燃料缺乏,使用木炭燃烧供给动力的巴士。

妈的背上。

"您好,小林女士。"爸爸十郎摘掉帽子低头致礼。"今天就请多关照了。"

"今天是个大晴天啊,真是太好了。"

铃从妈妈身后径直往前走了一步。她带着毅然决然的表情站到妇人面前,深深地低头,说道:"今后都要给您添麻烦了!虽然我不一定事事周到,但一定孝顺您。"

"我是周作的伯母小林,是你们的证婚人。"

什么……证婚人……?

铃抬头,名为小林的妇人正笑着。爸爸和妈妈无可奈何地对视了一眼。

"你要嫁去的那家人姓什么,到底记住了没有?"

"这孩子真是太缺心眼了。不会有什么问题吧。"

北条家是独栋的房子,盖在竹林后边的山坡中段。细长的坡道一直蜿蜒到门前,小林伯母领着浦野一家往上爬。

"都爬了这么高了呀!"阿澄眺望着在眼前徐徐展开的吴市街景和远处的军港,发出感慨道。

"这里是最上边了呢。"妈妈也点了点头。

"到了,就是这儿。"小林伯母伸手指着家的方向。铃停下脚步,抬头看着那房子。玄关上挂着写有"北条"的门牌。

从今天开始,我就是北条家的人了。

即便这样告诉自己,铃仍觉得缺乏真实感。

自己还迷迷糊糊的,事情就已经发展成这样了啊……

"到了到了——"小林伯母推开拉门，铃迈进了房子。从今天开始，这里就变成了自己的家。

铃和周作的婚礼小而温馨，出席婚礼的只有两家的家人和作为证婚人的小林夫妇。

"如今的时世，只能万事从简。"面对如此这般道歉的圆太郎，十郎笑着说，"我家的孩子登不了大场面，现在这样刚刚好。"

"我们家的孩子也是一样。"

背后传来两位父亲的交谈声，周作身穿带有家徽花纹的和服，做了个心情欠佳的鬼脸。铃从旁边偷偷看着这一幕。

这个人连看都不看我一眼，到底在想些什么呢……

"铃啊。"阿澄忽然从身后拍了铃一下，铃猛地回过神来。

"这样不好。"

铃的身上还穿着外套。

"难得穿了这么漂亮的和服，不要浪费。"铃听话站起身来，脱掉和服外套。接着，她竟然解开腰带，想把外边的罩裙也脱掉。妈妈大吃一惊，高声喊着。

"铃，你看你！你这是在哪儿脱衣服呢！"

看着满脸通红的铃，周作忍不住低头笑了，肩膀也止不住地颤动。

不久，僧侣到了，开始在佛坛前诵经。铃和周作，一同感谢神明的指引，在先祖们面前结为夫妻，并发誓今生今世都共同生活。

仪式结束后，马上就是喜宴。长桌子上摆着寿司卷、有头有尾的盐烧鲷鱼、醋泡牡蛎、红烧蔬菜，还有汤等，看到这些，小林伯父感动地说，"这可真是承蒙款待了。"

"真的，亏你们能准备出这么多菜。"十郎也这么说。周作的母亲阿灿急忙回礼道，"多亏了浦野先生才是，给了我们这么多的海苔和蔬菜。"

听到阿灿的话，铃的妈妈说，"这孩子的哥哥没来，真的太遗憾了。"

小林伯母对正在主人席上正襟危坐的新郎新娘说道，"多吃一点吧。"说着凑近了他们，"晚饭也都在这一餐里了。"

"嗯……"，铃拿起了筷子，瞟了一眼周作。只见周作的双手维持着握拳的姿势放在膝盖上，一动也不动。

"……"

喜宴结束时，正是日影西斜时分。沿着北条家院子里的石阶走下来，迈上细细的山路时，阿澄悄悄地对铃说。

"挺好的。看来是个稳重的人。"

"有谁会在这种场合胡闹呀。"铃答道，迟些走下石阶的爸爸和妈妈同时出了声：

"胡闹的人就是你呀。"

阿澄对着一脸苦笑的铃挥了挥手，跑远了，"那就等你回娘家的时候再见啦。"

铃也挥了挥手说，"再见啦。"

铃在院子里目送浦野一家和小林夫妇走向车站,在她身后,周作的姐姐径子走了过来。路过铃的身旁时,她眼皮也不抬,只留下一句"我还会再来的",就走下了石阶。

看着远去的径子,铃敲了敲自己的脑袋。

哎……这人是谁来着?

径子在宴席上几乎没有说话,自然没有给本来就心情紧张的铃留下任何印象。

在睡房铺好被褥,穿着长棉坎肩的阿灿把腿伸进棉被。圆太郎一边在火盆里生火,一边对阿灿说。

"新娘子也来了,家里的活儿就交给她吧,你好好休息。"

"好。"

听到外边有什么动静,两人回头,发现铃正站在门口。她缓缓跪坐下来,双手扶地。

"父亲,母亲,从今往后就要请两位多多关照了。"

铃深深地低头行礼,圆太郎和阿灿也赶忙低头回礼。

"哪里哪里,彼此彼此。"

抬起头来,阿灿说道。

"我腿脚不太好。往后就要请你多多关照了,铃。"

冲着微笑的阿灿,铃也笑着答应,"一定。"

向父母行过礼,铃放下心来,赶忙在和服的外边罩上围裙,向厨房走去。

厨房的灯泡外边罩着纸,做成了防空灯,在那微弱的灯光下,铃用棕刷擦洗着煮饭的锅。这时，饭厅里传来了声音，"真是对不起了。"

"径子每次煮饭都会烧糊。"

径子……？

啊……终于想起来了。

那是已经嫁出门去的姐姐。

周作拿着点燃的报纸从后门走了出去。铃跟在他身后，把周作关上的门打开，家里的灯光漏了出来。

周作蹲在烧洗澡水的炉口，他用报纸引燃柴火，对铃说。

"这么一来，手边有光照着，真好。"

铃站在门口，看着周作。

"我去看看港口那边……"

铃走到门外，朝着海的方向看去。被一道耀眼的光芒模糊了视线，她屏住呼吸。

"那是军舰的照射训练。"

视线的另一端，星星点点地散布着住家的灯光，一直延伸到山谷的尽头。在更远处，是更加明亮的吴市街道。再往远处去，能看见港口的舷灯在红绿交错地闪动。离岸稍远的地方停泊着大型军舰，探照灯的光就来自那里，呈一道直线向夜空中延伸。笔直的光照射着山的表面，缓缓移动，并再次照向铃的方向。

铃的眼前一瞬间变成了白色。

看着那一直延伸到夜空中的光柱，铃不禁想。

我这究竟是到了哪儿呀。

洗完澡,铃来到夫妻二人的房间里,发现棉被已经并排铺好了。周作正盘腿坐在自己的棉被上,一边读着乐谱一边哼着歌。

那是铃从来都没有听过的旋律。

这人是个有文化的人吧。

"棉被……谢谢你。"

背对着铃,周作"嗯……"地点了点头。

铃刚把衣架上的和服外套挂到横木上,周作开口了。

"铃啊,你带伞来了吗?"

来了……!

铃战战兢兢地回头,毅然决然地跪到了棉被上。

"带了……一把……新的……"

周作忽然站了起来,铃吓了一跳,一动也不敢动。

"借我用一下。"

"嗯?"

铃打开行李,找出雨伞递给周作。周作拿着伞走出了房间。他打开格窗,把伞柄伸向窗外。

回到房间里,周作说着"给你",把伞柄伸到了铃的面前。伞上挂着的是柿饼。看着铃接过去,周作感慨道。

"肚子饿了。"

他说着,自己也拿起柿饼扔进嘴里。看见铃拿着柿饼盯着自己,周作说,

"怎么,是不是还有些涩?"

"白天,你不是什么东西都没吃嘛……看到你也是个会用嘴吃东西的人,我就放心了。"

"唔。"周作像是被柿子给噎住了。"啊……放心吧放心吧。刚才啊我连籽都吞下去了。用嘴吃下去的!"

周作拍打着胸口,轻松地缓和着气氛。铃在一旁看着他,随即又移开了视线。

"我们——以前在哪儿见过吗?"

周作一脸认真地看着铃,"嗯"地点了点头。随后,像是要搜寻旧时的记忆一样,他缓缓闭上了眼睛。

"你不记得了吗?"

"对不起,"铃搔搔头,"我一直都迷迷糊糊的。"

周作把手伸向铃的脸庞。

"从前你就是这样。"

他的手触碰到了铃的脸。

"还有,以前你这里就有一颗痣。"

铃目不转睛地看着靠近自己的周作。

周作温柔地笑着,亲吻了铃。铃笨手笨脚地回应着。

就这样,两人成为了夫妇。

在黑夜将尽、清晨尚未到来的微弱光线里,铃意识朦胧地看着陌生的天花板。她举起右手,用指尖描绘着木头的纹理,却在中途就停了下来。把右手收回到棉被里,铃看着睡在身旁的周作。那端正的侧脸正静静地睡在眼前。

铃没有吵醒他,蹑手蹑脚地爬起来换好衣服。

已经起床的阿灿告诉铃做家务的程序,铃走出了家门。

首先是打水。去邻组[i]共用的水井,装满两只水桶,再用扁担挑着,沿途返回。天还没有亮,在深蓝色的天空下,铃挑着扁担走在通往北条家的那条险象环生的窄路上。

铃在厨房切好白萝卜,放进煮汤的锅里,再把锅端到灶上。旁边的锅里煮着米饭,飘出了阵阵饭香。

她一边顾着灶,一边从围裙的口袋里掏出了一张卡片。那是要寄给哥哥要一的明信片,铃在上边画了婚礼的情形。

翻到卡片的背面,她写下要一的名字和所属的部队,又在左边写上自己的名字。

"北……条……铃。"

写着这还不太习惯的姓氏,铃不知怎地有点害羞起来。

正要在一旁写下住所的时候,手里的笔却停下了。

早上,一家人围坐在饭厅的餐桌旁。圆太郎,阿灿,还有周作,都在香甜地吃着早饭。看来自己的手艺算是合格了。铃感到稍许放心,继而难为情地开口。

"请问……这里是吴市?……的哪条街……门牌号码又是几号呀?"

"啊?!"一桌子人都睁大了眼睛。铃感到十分丢脸,满脸通红地低下了头。

---

[i] 第二次世界大战期间日本建立的地区居民组织,约十户为一组,战后废止。

"吴市上长之木街八百零八号。"

圆太郎和周作一齐指着门牌上的地址说。

"谢谢。"铃低头致谢。"那,我出门了。"圆太郎说着走出了家门,周作也跟着离开了。

铃再一次向出门去上班的两个人致谢。她抬起头,目送两人走远。从这里能看到山坡下的海军宿舍,只见上班的人正纷纷向外走。跟周作和圆太郎一样,大家身上都穿着卡其色的"国民服[i]"。

"住在这里的人,是不是都在海军上班呢?"

铃听说,周作在海军的军法会议所当书记员,圆太郎在海军工厂上班。书记员是什么工作,她完全想象不出来,应该是什么很了不起的吧。

收拾完早饭后的餐桌,铃在院子里洗衣服,这时,邻居堂本家的妻子拿着传阅板过来了。

"北条太太。"

铃连头也没回,继续面朝搓衣板,吭哧吭哧地洗着衣服。

"北条太太。"

北条……?

她这才意识到,对方喊的是自己。

"啊,在这儿呢!"铃慌慌张张地转身接过了传阅板。上边写着今天晚上邻组开例会的通知,还写着轮到北条家值日分配物资。铃赶忙起身去问阿灿。

---

i 日本在第二次世界大战时期因节约资源而颁布的男士服装法令所规定的服装。

阿灿从棉被里坐起来，指着一起负责值日的知多家和刈谷家的名字，"这家和这家呀，总是要来这一套呢。"说着，用手比划了一个打斗的动作。铃开始感到有些不安。

午后，等铃到达邻保馆的时候，知多和刈谷家的太太已经到了。铃说自己是嫁到北条家的媳妇，接着低头行礼，"请多关照。"

知多太太脸长长的，个子很高。刈谷太太和她正相反，脸圆圆的，身材也有些圆润。两个人虽然对比鲜明，但交谈过后给人的印象还不错，铃放下心来。

三个人在邻保馆里开始准备分配物资。铃负责切白萝卜，刈谷太太分配酱油，知多太太则负责管账，三个人分好了工，却立刻就出了问题。刈谷太太分配酱油的方法太随意，惹得知多太太生气了。

"看看，怎么又这么分。"

"我是好好量着分的。"

"你明明就是用眼睛估量着分的。"

"没有！"

"这样不公平！"

"才——没——有！"

铃夹在中间，不知所措。

知多太太和刈谷太太，一个斤斤计较，一个大大咧咧，不光是外表，连性格也是对照鲜明。

妈妈所说的，大概就是这么一回事吧……

结果，在分配物资的过程中，两个人的争执就没有停止过，铃只能任由她们争得不可开交。但是，不知是不是两个人都已经习以为常了，分配物资的工作完成之后，她们又若无其事地亲密交谈了起来。从邻保馆出来，铃走在两人身后，看见了正在共用井里打水的堂本太太，她开口打招呼。

"我来帮您挑水吧？"

"这怎么好意思？"

"我还年轻嘛。"铃对堂本太太笑笑，挑起了挂着水桶的扁担。

四个人排成一列，走在羊肠小道上。走着走着，铃肩上的担子滑了下来。刈谷太太看见了，跑到铃身边，帮她扶着担子。"你挑稳一点。"

"啊，谢谢你。"铃一转身，扁担的左边打到了刈谷太太的后脑勺，右边则打到了堂本太太的脸。两个人同时摔倒在地。

"哎呀！"

"没事吧？"知多太太跑了过来。这下，就连她也成了扁担下的牺牲品。

"啊啊！！"

铃一下子把三个人打倒在地，只能一个劲儿地道歉。

"对……对不起……"

当天晚上，邻保馆里召开邻组定期会议，内容是防空知识讲解。从海军来的讲师详细讲解了燃烧弹的种类和对应方法，铃坐在最后一排的长桌旁拼命记着笔记。

同一张长桌上,堂本太太、刈谷太太、知多太太三个人并排坐着。三人和铃之间隔着一个人的空位。不知怎地,这三个人宁愿挤在一起靠墙坐着。

她们一定是在因为白天的事而生气吧,铃失落地想。这时,相邻的堂本太太拉着铃的胳膊,往自己的方向拽了拽。

"坐过来一点。这个座位可真够冷的。"

刈谷太太和知多太太也"唔唔"地点头。

原来是这么一回事呀,铃放心了,她"嗯"地点头,挨着她们坐下。

就这样,铃渐渐地融入了北条家。

昭和 19 年 3 月 28 日
· 1944 年 ·

铃在起居室后边的睡房里整理柜子。随着天气转暖，冬天的衣物也要收起来了。阿灿在起居室里捣着瓶子里的糙米。

看见抽屉深处有一块漂亮的布，铃伸手把它取了出来。她站起来把布展开，发现是一件很时髦的连衣裙，腰间装饰着大大的蝴蝶结，恰到好处地点缀着轻飘飘的短裙。

"啊，这件呀。"阿灿看着铃稀罕的样子，说道。

"这是径子出嫁前的衣服。现在也成古董了。她穿着这件衣服跟未婚夫约会来着，去看电影、吃西餐，还去看了博览会。"

这么说来……铃打开了刚刚从抽屉里拿出来的、装有帽子的盒子。盒子里放着和这件洋装十分相称的钟形女帽。

"哈……姐姐曾经是个时髦女郎呀。"铃看着帽子自言自语。

"那时候还是好世道呀……"阿灿的眼神飘向了远处。"周作上四年级的时候，听说为了维护和平要裁军，军舰也不造了。

你公公还有住在这一带的人，好多都丢了饭碗，可算是一件大事呢。径子倒是一个要强的孩子，工作是自己定的，丈夫也是自己找到的……"

铃想象了一下自己身穿这件洋装、在餐厅里吃西餐的样子，怎么想都觉得别扭。她把帽子收进盒子里，砰砰地拍打着膝盖站了起来。

"好了，那我可不能输给她，也要努力加油干活！"

阿灿欣慰地看着卷起衣袖向客厅走去的铃。

"那个时候……真觉得天都要塌了。"

远处的天空传来零式战斗机的轰鸣。那是海军在进行防空演习。听着轰鸣声，阿灿的脸上又飘来了愁云。

"还真怀念以前为这种事发愁的日子啊。"

铃蹲在灶台前清扫炉灰。伴随着挥动火铲的动作，她身上那条缝缝补补的裤子也时不时在臀部位置绽开细小的裂缝。忽然，玄关的门咔嗒咔嗒地被人推开了。可铃却继续劳作着，丝毫没有察觉。

"……"

感觉到附近有人，铃终于回过了头。只见门口站着径子，以及像是她女儿模样的小姑娘。

"啊……你好——"

"我回来了。"像是要打断铃的问候，径子站到了她的面前。女儿晴美躲到妈妈的身后，观察着周围的情形。径子瞪着眼睛，俯视着铃。

"欢迎回来……姐姐。"

径子没有回答,继续盯着铃。啊……铃这才反应过来,急忙摘下清扫炉灰时包在脸上的手巾。

径子叹了口气,说道,"真没用",一边把手里的包袱推给铃,向房间里走去。从包袱的感触来看,里边装的应该是大米。

"怎么能算没用呢?现在大米可是稀缺品呀。"

面对满脸堆笑的铃,径子毫不客气地回答,"我说的是你!"

晴美从径子的身边跑到了起居室,问坐在火炉边的阿灿,"您在炒豆子吗?"阿灿对她露出笑脸。

"哎呀,晴美,欢迎欢迎。"

晴美趴在阿灿的耳边说悄悄话。"妈妈总是不高兴,所以晴美要乖乖的。"

"真是。"

径子仍在冲着铃发火。

"听说是个广岛的女孩,我还以为肯定挺时髦的,可是你看你那破破烂烂的劳动裤!真是的!还有那件小姑娘一样的西式衣服要穿到什么时候?你丢的可是周作的脸!真是的!"

"对……对不起。我现在只有这些衣服。"

"那就马上去做新的!"冷冷地扔下这句话,径子走进了起居室,砰地关上了拉门,差点儿擦着铃的鼻子尖儿。

"……"

铃一边观察着四周的情形,一边蹑手蹑脚地靠近起居室。就在这时,拉门又打开了,门后是径子的脸。

"还有,刚才的大米可不是什么礼物,那是我和女儿的口粮。"

再度合拢的拉门,散发出"你可别进来"的信号,铃没办法,只得从外间绕去睡房。

"径子,你来了。"

"妈,你听我说。"

径子说着,一边背过手,拉上了面向睡房的隔扇。唰地一声,铃的耳边再也听不见径子说话的声音了。

铃跪在柜子前,把最下边的抽屉拉开。抽屉左边放着绘有竹叶花纹的和服,铃看着它,冥思苦想。

"哎呀,这可真难办……"

她想把这件和服重新剪裁,做成径子穿的那种有点时髦的上衣和裤装,可是自己并不擅长缝纫,也不知道究竟能不能成功。当初做这件和服的时候,一边做一边被祖母指出了好几次错误,最后差不多是祖母帮自己完成的。

姐姐的裤子,是什么式样来着……

铃把隔扇拉开一条缝,朝起居室里窥看,看见了径子心情欠佳的侧脸。

她移动视线,观察起径子的裤子来。

"再试着谈一谈嘛。"

"不行不行。不想看见他的脸。"

大概是感觉到了视线,径子朝隔扇看过来,眼神犀利地瞥见了铃。铃慌忙拉上了隔扇。

她在榻榻米上展开和服,在头脑中计划着怎样把它改成便服。

首先要把腰部裁开半扇，袖幅也要剪开一半。下半身的部分拆开来，修改成裤子的样式，多出来的布料改成腰带。最后在裤脚里穿上橡皮筋，就完成了！

铃立刻拿起了剪刀，开始裁剪和服。晴美不知什么时候跑到了睡房，盯着正在做缝纫的铃。

铃发现了晴美，便转过头来，晴美马上低头行礼。

"我是黑村晴美。"

铃也赶忙回礼。"我是北条铃，你好呀。"

"小铃舅妈，我想要线绳。"

铃从缝纫用的工具箱里找出线绳，递给晴美，"这个可以吗？"

晴美坐到窗边，用线绳玩起了翻花绳。

一旦集中精神做缝纫，时间就在不知不觉间流走了。听见座钟发出的三点报时声，铃"啊"地直起了腰。

她从厨房的墙上摘下配给票[i]，放进篮子里。这时，身后传来了径子的声音。

"铃，要出门吗？"

"是，我要去配给站。"

"我替你去吧。把配给票和钱包给我。"

"是吗？那就拜托你了。"铃把配给票和钱包给了径子。径子牵着晴美，离开了家。

铃转而开始处理晚上煮味噌汤时要用的小鱼干。她先把鱼头切掉，然后用手剥开小鱼干，处理干净内脏，再扔进烧开了

---

i 日本在1938年开始在国内实施生活必需品的配给制度。

水的锅里。铃花费着时间，一板一眼地处理着。

不一会儿，出门买东西的径子和晴美回来了。径子站在正紧张工作的铃面前，盯着她的手势。看到铃那笨拙的动作，径子终于忍不住开口。

"行了行了，我来做吧。"

她麻利地换上围裙，回到厨房，坐到铃刚才的位置上，开始处理小鱼干的内脏。不一会儿径子就收拾好了鱼干，接着开始淘米。

另一边，没活可干的铃又回去继续做起了裤子。晴美也很无聊，坐在暖桌前玩着翻花绳。看着晴美，铃想到了一个好主意。

她把原本打算用来做口袋的碎布缝起来，对晴美说。

"晴美，线绳借我用一下。"

铃把碎布做成小口袋，封口处用线绳穿好，递给晴美。"好了，送给你。"

"……谢谢。"

铃穿上新做的裤子，站在径子旁边帮着盛味噌汤。径子动作麻利地盛好掺了芋头的米饭，端到了坐在暖桌边的圆太郎面前。

"径子和晴美来了呀。"

"辛苦了，爸爸。"

"好好在这儿玩几天吧。"圆太郎摸了摸靠过来的晴美的头。

"嗯。"

"真难得啊，姐姐煮的饭竟然没糊。"

周作不假思索地说，立刻招来了径子的拳头伺候。

"好痛……"

铃微笑地看着打打闹闹的姐弟俩,喊了一声"姐姐"。径子把手从周作的头上放下,回头看着铃。

"多亏了你的提醒,我把和服改成了裤子。"径子看了看铃身上穿着的裤子。

"没什么。"她一边摘掉头上扎着的手巾,一边说。"妈妈腿脚不太灵便,才让你这孩子跑到人生地不熟的地方来。要是我一直待在家里就好了……"

她把手巾折好放在膝盖上,看着铃。

"铃啊……要不,你还是回广岛去吧?"

"什么……"

"我看挺好的",圆太郎小声附和,阿灿也点点头。

铃慢慢地转头看了看周作。周作也说,"代我向大家问个好。"

径子的盘算落了空,只能苦笑。

耳旁像是有什么令人怀念的声音传来,铃朦胧地睁开了眼睛,她看见爸爸、妈妈和妹妹正围坐在矮饭桌边。感到安心的铃,又再次合上了眼睛。

"好了!铃!你也该起来了!"

听到妈妈的怒吼,铃腾地翻身坐起来。

妈妈无可奈何地看着她一脸呆滞、环视四周的样子。

"看看,都要吃晚饭了。"

"……啊……吓死我了!我梦见自己嫁到吴市去了。"

听到这莫名其妙的话,一家人目瞪口呆。妈妈一把揪住铃的脸颊,"现在醒了吗?"

"哇哇……醒了醒了!"

啊,我想起来了。是姐姐让我回娘家看看,我才回家来的。

圆太郎和阿灿一点也没察觉到径子的本意是想把铃赶回娘家。在两人的赞许下,铃志得意满地回到了江波的浦野家。

"铃啊,你给要一寄明信片了吗?"

十郎一边吃着煮鲍鱼,一边问道。

"我?……寄了。但还没收到回信。这边也没有收到吗?"

"没收到。"阿澄点头。

"因为隔得很远嘛。"铃一边说,一边将筷子伸向煮鲍鱼。

"而且,魔鬼哥哥总是懒得动笔。"

"没准是铃把地址给写错了呢。"听到十郎的话,妈妈重重地点头同意。

姐妹二人好久没有一起泡澡了,感觉像是回到了小时候。果然嫁出门这件事,不是自己在做梦啊……

"阿澄,挺身队[i]怎么样?"

铃泡在热水里,问正在淋浴的阿澄。

"已经习惯了。我是不是满身机油味?可要好好洗洗。"阿澄用不起泡的米糠包擦洗着身体。

"工作挺辛苦的吧?真不容易啊。"

---

i 二战期间,日本为缓解劳动力缺乏,组织女性在军需工厂工作的制度。

"可是不用像做海苔一样总是那么冷,也算是好事。有个英俊的军官,还偷偷送我食堂的餐券呢。"

铃笑了,"哎呀。难不成我不小心听到陆军的机密了。"

洗完澡,两个人进了阿澄的房间,地上已经铺好了棉被。见到房间里有"千人针[i]"的布料,铃也缝了起来。

"啊,千人针。"

"没事没事,今天就让我来缝吧。我属牛,身强体壮。"

"千人针"上一人只能缝一针,用来祈求出征的人平安归来,只有虎年出生的人可以缝制与自己年龄相同的针数。浦野家的妈妈是虎年出生,因此各家各户都拜托她帮忙。

阿澄一边给铃梳头,一边问道。

"铃过得怎么样?吴市是个好地方吗?"

"嗯,有好多要学的,我还什么也说不上来呢。"

"啊!"阿澄忽然冒冒失失地大喊出声。

"怎么了?"铃回头。

"我……我好像一不小心知道了什么海军的机密?"

"啊……怎么了?"

阿澄猛地转身站了起来。

"快睡觉吧。"她关上灯,钻进棉被。铃也只好钻进被子。

一片漆黑的房间里,传来阿澄翻身的声音。

"……铃啊。"

"嗯?"

---

i 二战时期为祈求军人平安回家,由女性缝制的腰带。

"你的头发……掉得快要秃了……"

"啊?!"

铃本想在家住上两三天,可就连这点愿望也落了空。政府决定实施战时措施[i],据说从四月开始,短途旅行也将受到限制。十郎催促着铃第二天就赶紧回去——虽说自己这个女儿笨手笨脚的,可要是真的回不去了,北条家多少也会感到困扰吧。

"要保重身体啊。"嘱咐完铃,十郎就出门工作去了。妈妈在妇女会做零活,所以说完别的话也出了门。

大家都不在了,留在家里也没什么意思。铃把要带回吴市的行李装在柳条箱里,走出了家门。

到了广岛的商业街,铃走进文具店,用十郎给的零花钱买了速写本。现在要回吴市还太早了些,也不知道下次再回来要到什么时候。铃想画一画这让人怀念的广岛街市。

她画了有半圆形屋顶的产业奖励馆,画了市营电车奔走的纸屋町十字路口,画了正在粉刷外墙的福屋百货公司新楼。

有力的笔触重叠涂抹着线条,铃在画纸上描绘着属于自己的广岛街市。

"再见了……广岛……"

铃用自己的方式和故乡做着告别。

痛痛快快地画完了画,时间也在不知不觉间流走了。铃朝着车站走去,开往广岛站的市营电车缓缓地从她的身旁开过。

---

i 1944 年日本颁布了《决战非常措置纲要》,动员全国投入二战。

等她终于到达车站,看见售票窗口前的告示牌时,铃却惊呆了。

"今日车票已售完。"

"哎……"

"所以,你就回来了?"

听完铃的话,十郎吃惊得张大了嘴。

"真是太对不起亲家了。"

妈妈无可奈何地摇头,就连铃自己也深有同感地低下了头。

昭和 19 年 4 月 17 日

・1944 年・

径子就这么在北条家住下了,完全没有要回家的意思。虽然铃和晴美成了好朋友,但径子始终是个态度高傲的人,相处的时间久了,铃的心情也变得忧郁起来。

"妈妈——,把砚台借给我。"

"干什么呀,晴美。"

"借给我嘛。"

铃打扫完走廊,听见起居室里晴美吵吵嚷嚷的声音,一走进房间,就看见径子抬头露出了严厉的表情。

"喂,铃,你又跟晴美说什么了?"

铃没有回答她的问题,而是指了指暖桌,问道,"传阅板……可以拿给别家了吗?"

那冷淡的语气让阿灿吃了一惊,她说"拿去吧。"铃便一言不发地拿起了传阅板,留下一句"我走了",就走出了家门。

"没事吧?从广岛回来以后,就一直是那副样子。"

"别管她。"径子冷冷地对阿灿说。"还是个小孩子呢。"

铃把传阅板交给堂本家,转身往回走。径子正训斥着因为想要借笔而闹个不停的晴美,声音响彻了整间屋子。

"……"

铃默默地走过了家门口。她看见路旁的鹅肠草,伸手摘了下来。石阶向着梯田延伸,两旁生长着茂盛的鹅肠草。鹅肠草的四周盛开着洁白的蒲公英。铃新奇地看了一会儿,伸手摘下一朵正开得毛绒绒的蒲公英,"呼"地吹了一口气。

蒲公英的绒毛乘着风飞散在晚霞中。铃坐在梯田上,视线追逐着蒲公英,这时,她看见周作站在石阶下方,正在朝上看。

"你回来了。"

周作爬上石阶,坐到了铃的身边。

"你在摘野菜吗?"

"嗯。想做成晚饭的小菜。"

"哦。"

"这里的蒲公英都是白色的。"

"和江波的不一样吗?"周作环顾四周。"……啊,也有黄色的。"说着,他伸出手,铃却赶忙制止了他,"不要摘。"

"嗯?"

"说不定是从很远的地方飞来的……"

"我说你怎么没精打采的,是想念广岛了吗?"

铃冷冰冰地拂开了周作轻拍自己脑袋的手。

"才没有呢。"

可能是心情不好吧，周作在一旁看着她，缩回了手。令人尴尬的沉默包围着两个人。周作指了指远方的军港。

"快看，看那儿。今天有航空母舰呢。"

铃抬头朝海上看去。只见港口的另一边停靠着几艘黑漆漆的巨大军舰。

"可能是'飞鹰'号和'隼鹰'号。"

"真大。"

"那些小的是驱逐舰。还有德国的潜水艇。那边和普通船很像的是潜水母舰……"

铃心不在焉地听着周作的解说，视线渐渐地飘远了。

天空的一隅传来绣眼鸟"吱——吱——"的叫声。

周作歪头看看铃的侧脸，凑近了小声说道，

"你看，绣眼鸟飞过去了。"

"嗯。"

"在那边，看那儿。"周作用手将铃的头转向绣眼鸟叫声传来的方向。

"我看着呢。"铃又一次拂开了他的手。

铃转头朝海看去，却看到了不寻常的东西，她下意识地挺直了背，伸长了脖子。

"……周作……那是什么……是船吗？"

岛屿后边渐渐露出一艘巨大的船，正缓缓地驶进港口。像是龙回到巢穴一样。

周作嘴角浮现出了自豪的笑。他说,"那是'大和'号。是日本最大的船厂制造的、世界最大的军舰。"

"……那上边也坐着人吗?"

"嗯。差不多有两千七百个人。"

铃屏住了呼吸。

"……两千……七百人?"

"是啊。"周作的手搭上铃的肩膀,将她拉向自己的方向。

"对它说一声欢迎回到吴市吧,铃。"

"哇……"

铃的视线已经完全被'大和'号所吸引,她情不自禁地站起来,踮起脚尖想试着看清船上的人影。

"有人在那上边每天给那么多人做饭?怎么洗衣服呢?"

她目不转睛地向前迈了一步。

"铃,小心——"

没等周作喊出"危险"两个字,铃就已经滑了下去。

"啊……"

铃坐倒在地上,滑到了下一段梯田里。就连想要抓住她的周作也被连累着摔倒在地,蒲公英的绒毛飞舞得到处都是。

"……对、对不起,你没事吧?"

"没事……你没受伤吧?"

周作伸出手,替铃拨掉头发上沾着的草。铃条件反射似地推开了他的手。

"……"

周作捡起掉下来的帽子,一边戴在头上一边开口说道。

"铃啊……你越是在意,头发反而会掉得更严重哦。"

"……被发现了啊。"铃满脸通红地低头。

两个人亲密无间地一起回了家,看见晴美又在纠缠径子。

"借我毛笔——!我要给小铃舅妈的头顶涂墨水!"

"不行!你肯定又会把家里弄得脏兮兮的!"

"借我嘛——"

铃和周作面面相觑,噗嗤一声笑了。

昭和 19 年 4 月 20 日

・1944 年・

径子买完东西回到家，打开一个纸包说，"这是从配给所拿来的。"里边包着二十来颗圆圆的种子。

"说是小松菜的种子。"

"是嘛——"，铃伸头去看。她第一次看见这样的种子，也是第一次听说"小松菜"这个名字。

"说是东京的蔬菜。在哪儿都能发芽。"

"是嘛！"铃用指尖拨弄着蔬菜的种子。

"铃，你最擅长干这种粗活了吧。"

"对！"铃高高兴兴地点头，"我这就来试种一下。"她站起来朝外边走去。

在院子的一角蹲下，铃开始用盘子的碎片挖土，身后晾着洗好的衣服，晴美正躲在那后边偷偷地观察着她。挖好洞，铃放下种子。察觉到了身后的视线，她转过头来。

"晴美也来试试吧。"

晴美从铃的手里接过小松菜的种子,用手指在花盆的土里挖了一个深深的洞,把种子按了进去。铃不禁感叹,怎么晴美总是能找到好玩的地方呢。接着,晴美又跑到厨房的后门,在水沟旁的石头缝里洒下了种子。

我可不能输啊,铃心想。她搬来梯子,爬到了屋顶上,在雨水槽的积土里种下了种子。

这时,径子走了过来。她抬头看看屋顶,忍不住"咳咳"地咳出了声。

铃不好意思地从屋顶上爬下来。

"那……那就,先试种这些吧,我去田里好好计划计划。"说着,向梯田走去。

"这么大的人了,还跟六岁的孩子较劲。真是给周作丢脸。"

面对喋喋不休地发着牢骚的径子,晴美站住了,用手指着军港的方向。

"妈妈,'大和'号回来了。"

径子也站定了,朝大海的方向看去。

"那个带烟囱的是'隼鹰'号!还有巡洋舰也在。是'爱宕'号吗,还是'摩耶'号?"

晴美看得入了迷,径子把手搭在她的肩膀上,低声说,"……晴美,我们回家吧。"

第二天,径子带着晴美回了婆家。

姐姐为什么忽然又急匆匆地回婆家去了呢。

难道说,姐夫是军舰上的人吗?

是忽然想念家人了吗?

一边在梯田上给小松菜的新芽浇水,铃一边想着这些。

"好了,我也该打起精神去做饭了。"

她直起腰,向大海的方向看去,却发现'大和'号的身影已经消失了。

"咦?不在啊。"

也许,是开往战场了吧。

大家嘴上都不说,可是从日渐减少的配给上,还是能察觉到战况的激烈。

铃拿着好不容易才在鱼店里买到的沙丁鱼干,无奈地叹了口气。

"四条沙丁鱼要给一家四口分成三餐来吃……不过,和只有菜叶的日子相比,还算稍微好点。再排一会儿队还能买到豆腐渣。"

铃打起精神,来到可以自由买卖的豆腐店前,走进了队列。

回家的路上,铃碰到了刘谷太太。刘谷太太滔滔不绝地向铃灌输着自己从女性杂志上看来的知识。"真好啊",铃忍不住掏出速写本做起了笔记。

堇菜、鹅肠草、接骨草、蒲公英、酢浆草……只要稍加留意,就能找到不少能吃的野菜,可以用来搭配买来的沙丁鱼干和豆腐渣。家里除了马铃薯、芋头、白萝卜之外,还有面粉和梅子仁。

铃在头脑里排列组合着各种各样的食材，思考着今天的菜单。

先把芋头切开来蒸好。
再把接骨草稍微烫过，用冷水浸泡过后捣碎。
接着用面粉混合上捣碎的芋头和接骨草，摊平了再揉成团。
这样一来，午饭的芋头糕就完成了。吃剩下的还可以晾干了保存起来。

接下来要准备晚饭。
珍贵的大米要掺上五倍的水，煮成粥来喝。
先煮三十分钟，加入切成块的马铃薯，接着煮十分钟。
再放进切成大段的鹅肠草。
萝卜皮和蒲公英的根切成细丝，用砂糖和酱油烹煮。
再加入粗粗切了几刀的蒲公英叶子，掺上豆腐渣煮熟。
这样，总算是完成了一道菜。
把白萝卜切得薄薄的，揉上盐，再拌上酢浆草，又完成了一道菜。
而今天的主角，沙丁鱼干，则要放进梅子仁煮成的水里，一边咕嘟咕嘟地烹煮，一边用勺子不停地浇注汤汁，出锅前再用盐来调味。

一家人围坐在摆好了晚餐的饭桌旁。
"噢，原来是从刈谷太太那儿学来的呀。"

听到铃说起今天的菜谱是从刈谷太太那里现学来的，阿灿佩服地笑了。铃在尽力用匮乏的食材让家里的饭桌显得丰盛一些，这份心意让阿灿感到很高兴。

"米的配给减成了从前的一半，只能在粥里放很多马铃薯……"看到铃脸上的歉意，圆太郎毫不介意地摇了摇头。

"明天的饭，也包在我身上吧。"

因为从刈谷太太那儿学到了私藏的绝活，铃信心十足地表示。

据说那是楠木正成[i]为了应对围城而发明的让粮食增量的方法。

首先要把米好好地翻炒，接着加入三倍量的水，最后再用小火慢煮。

在节省米的同时，燃料也不能浪费。这时就要用上日本才有的利器——无火灶，接下来只要等上一夜就好了。

所谓的无火灶，是把还没煮好饭的饭锅从火上拿下来，趁热放进塞满了成团的废纸或是稻壳的木箱里，再盖上塞满木屑的棉被，用余热去烹饪。

终于，到了吃早饭的时间。

铃在昨天剩下的鱼汤里放进堇菜，再加上味噌煮沸。

接着，她把米饭再次加热到沸腾。

这么一来，米饭的量果然增加了不少，像是小山包一样冒起了尖。

这就是楠木公所发明的楠公饭呀。

---

i 日本镰仓时代末期至南北朝时代的武将。

周作看着饭碗里冒尖的米饭,眼睛发亮。

"今天的早饭真多啊。饭粒都胀起来了。"

"原来还能这么煮饭呀。"

"嗯!"听到阿灿的惊叹,铃一脸自豪地点头。

"我开动啦。"

等到拿起碗,把米饭放进嘴里的那一刻,全家人都沉默了。

"……"

这饭……实在是难以下咽……

铃目送圆太郎和周作出门上班,再返回房间的时候,阿灿说道。

"楠木大人能高高兴兴地吃下那么难吃的米饭,真是个了不起的人物。"

"真是。"

从那以后,"楠公饭"再也没有出现在北条家的餐桌上。

昭和 19 年 6 月 15 日

・1944 年・

这天傍晚，吴市的街道上第一次响起了警戒警报。森严的气氛让铃紧张得一动都不敢动，幸运的是，空袭并没有真的发生。可是，日期刚一变换，在午夜十二点五十五分，再次响起了更为迫切的防空警报声。

不少人慌慌张张冲出家门，向山里逃命，北条家除了不在家的周作以外，其他人却仍待在房间里。

起居室里的收音机里只传出阵阵杂音。圆太郎一边拧着旋钮搜索电台，一边抱怨，"什么消息也没有。"

"周作去工作了吗？"

"是。"铃身上穿着睡衣，点了点头。圆太郎一边穿上阿灿拿来的国民服，一边安抚着家人。

"从美军飞机的续航能力来推测，第一次空袭应该是九州。咱们这一带还用不着慌慌张张地往山里跑……"

说话间，灯光忽然熄灭了，连同收音机的杂音也一起消失了。
"呀！"
听到铃的尖叫声，圆太郎说，"只是停电而已嘛。"
就像圆太郎所说的，那天夜里，吴市并没有受到空袭。

周作下了班正走在回家的路上。走过龟山桥的时候，他看到一间正被拆除的店面，放慢了脚步。
"是房屋疏散吧……"
为了防止发生火灾，很多重要设施周围的建筑物都要被拆除，从而为设施四周留出防火的空地。
周作回到家，解开绑腿，把路上看到的情形告诉了正在做晚饭的铃。
"这一带还暂时不用担心吧。"
"真是不容易啊。大家能找到搬家的地方吗……"
铃一边调整着灶台的火候，一边跟周作说着话。这时，身后有一双手递来了木柴。
"啊……谢谢。"
铃头也不回地接过柴，放进灶台。
"不客气。"
听到这个声音，她疑惑地回头。
站在身后的，是径子和晴美。

"我家的房子也被拆掉了。"

径子向围坐在饭桌旁的家人解释自己回来的原因。
"哎呀。"
面对惊讶不已的众人,径子平静地继续着话题。
"所以,婆家决定搬到下关去。趁着这个机会,我就离婚了。"
"什么?!"
全家人都吃惊得说不出话来。
"不用担心。我会找份工作,好好去上班的。"
说完这番话,径子若无其事地喝起了味噌汤。

昭和 19 年 7 月 1 日

・1944 年・

"现在要进洞的人数变多了。"

听到圆太郎的意见,铃重新画了一条线,"那这样呢?"

盖着遮光罩的电灯下,一家人围坐在餐桌旁画着防空洞的设计图。

第二天,她们就按照这个设计图,挖起了防空洞。地点选在北条家院子所在的山崖的一角。跟几个邻居打过招呼之后,邻居们也来帮忙了。

周作和刈谷家念中学的儿子在最前边挖土。女眷们则负责把挖出来的土装进簸箕和水桶里,向外运送。另外还需要搬运支撑用的旧木料,以及端茶送水,要做的工作像山一样多,只有集合邻组的力量才能完成。

花了整整一天的时间,防空洞总算是挖好了。北条一家不住地向不辞辛劳的邻居们道谢,目送他们离开之后,一家人在刚刚挖好的防空洞里坐下喝茶休息。

圆太郎在地面铺上两张榻榻米,又在周围架好支撑用的旧木料。对于在工厂里担任技师的圆太郎来说,这点工作只是小菜一碟。

阿灿环顾四周,微笑着说,"挺好,这个防空洞挖得真不错。"

圆太郎躺在榻榻米上翻了几个身,不一会儿就发出了鼾声。阿灿留意到铃的视线,一边倒茶,一边说。

"他连着加了好几天班,累坏了。"

径子默不作声地喝着茶。

周作则伸手推着入口附近用来支撑的旧木料,试探着它的强度。

"幸亏有姐姐家拆下来的梁柱和榻榻米。"

径子留意到周作背后立着的柱子上所刻的数字,她站起来,充满爱意地抚摸着柱子,缓缓地开口。

"周作……这个,是你特意拿来放在这儿的吗?"

"没什么,举手之劳。好了,该去地面上收拾收拾了。"周作说着,走出了防空洞。

正当周作收拾立着的铲子和铁锹时,铃也端着装有茶具的托盘走了出来。看见堆在院子里的土,铃问道。

"这些土,我能拿到田里去吗?"

"噢。拿去吧。搬的时候当心点。"

铃在两只桶里装上土,用扁担挑着,向梯田走去。她一抬头,看到晴美正站在梯田上边。

"你在这里呀。"

"我在看船。"晴美指着港口的方向。

铃向上走到晴美所站的位置,回头看着港口。

"今天也停了好多船呢。"

"'大和'舰有两艘。"晴美指着船告诉铃。"其中一艘是'武藏'号。停了这么多战舰,可是没有航空母舰。"

"是嘛。"

"啊,那艘是'利根'号。它背后没有炮塔,是航空巡洋舰。"

"是嘛。晴美真厉害呀,知道这么多。"

"嗯。"晴美放下手点点头。"是哥哥教给我的。"

"其实,我也学了一点呢。"铃指着小一些的战舰说。

"那是驱逐舰。"

"嗯。"晴美点点头。

"啊,又有一艘小的开过来了。"

一艘小型船舶正穿过海面上大型舰船的间隙,向着港口开来。

"那是内火艇。"

晴美知道得真多啊,铃很佩服。

"作为回礼,我也来教教你。"铃说着,指向西北方向的天空。广岛方向的上空正笼罩着一大片杯子形状的积雨云,云的前端平平地铺展开来。

"你看,那个云很大吧?那个叫作砧状云。"

"嗯。"

"它会带来大雨。"

"咦？"

铃说完，拉起晴美的手撒腿就跑。

没等两人跑下台阶，倾盆似的大雨就从天而降。天空瞬间变得昏暗，还打起了闪电。轰隆隆轰隆隆！连空气都像是在颤动。

铃看着晴美跑进玄关，自己转身追上了正在往防空洞里搬运旧榻榻米的周作。

"周作！你都淋湿了！"

"先把那边的东西都搬到防空洞里去！！"

铃拔起插在地上的铁锹，也向防空洞跑去。

两个人浑身都湿透了，精疲力尽地瘫坐在防空洞的入口，看着那像是要砸穿地面的雨。铃解下系在腰间的手巾，擦拭着周作脸上沾到的泥巴。

"谢了。"

周作接过手巾，自己擦了擦脸。铃解开扎着的头发，拧干里边的水。水滴啪嗒啪嗒地落在地上。周作擦完自己的脸，又把手伸向了铃湿乎乎的脸颊。"我自己来，我自己来。"铃慌忙抢过手巾，擦了擦自己的脸。连头发一起擦过一遍之后，她说。

"你很喜欢军舰嘛。"

"嗯？"

"我听晴美说的。"

"啊……"，周作恍然大悟地点点头，说道，"教晴美认军舰的不是我，是阿久。"

"阿久？"

"嗯。阿久喜欢军舰。等有机会让你们见见面。"

周作背后的柱子上残留着量身高时所留下的刻痕。铃看到柱子上刻着的"久夫"和"晴美",她探过身子指着刻痕。

"是这个……叫久夫的人吗?"

"嗯。"

铃转过身,猛地发现周作的脸距离自己很近,她害羞地缩起身子,周作却抓住铃的手,轻轻地吻了铃。铃感到唇边一热。

两个人看着对方,再一次将唇与唇重合。

"太好了!雨势小了!"

听见背后突如其来的声音,铃和周作慌忙分开。

"趁现在赶紧回家。"

圆太郎和阿灿站在两人身后,不知是什么时候过来的。

周作和铃慌忙站起来,跟着向入口走去。

"我说……"

跟在圆太郎和阿灿的身后,周作小心翼翼地开口。

"哎呀,你们是两夫妻,感情好是再好不过的呀。"

果然被看见了!

周作和铃满脸通红。

回到家,却看见径子无精打采地坐在客房的一角。

"是啊是啊。夫妻恩爱多好呀。看看你们一对两对都团团圆圆的。"

圆太郎大吃一惊——怎么嫉妒到我们头上来了。

蚊帐下边并排铺着被子,周作和铃躺在里面。

"姐姐也曾经一家团圆,还高高兴兴地互相比过身高吧……"

周作想起防空洞柱子上的刻痕,小声地自言自语。在记录孩子们身高的痕迹上边,还刻着欣也和径子两夫妇的身高。

"……难道说,姐姐的丈夫……"

"他身子很瘦弱,难得不用服兵役……可能是太瘦弱了……"

径子和丈夫黑村欣也在昭和七年[i]相遇。径子为了庆祝圆太郎再次回到军工厂上班,去挑选手表作为礼物,欣也就是那间钟表店的少东家。

婚后,两人翻新了店面,也有了孩子。幸福的日子持续了一段时间,直到欣也病倒之后,事情就起了变化。

"径子又是那样的性格,没法迁就两个老人。"

第二天,阿灿坐在走廊上削着马铃薯的芽,继续着昨晚周作的话题。铃一边吭哧吭哧地踩着洗衣桶里的衣服,一边听着。

"女婿去世以后,因为店铺的处置问题吵得不可开交……最后却赶上了建筑物疏散,什么都没剩下。久夫是黑村家的继承人,只能被带去了下关……径子虽然要强,肯定也不好受。"

铃把洗好的衣服挂起来,砰砰地拍打着。

"一家人开开心心地一起生活下去,不是更好吗?"

"说得是啊……"

像是忽然想到了什么,铃手里的动作也停了。

站在原地发了一会儿呆,她自顾自地点了点头,把桶里剩

---

i 1932 年。

下的水倒进小桶,随即消失在了家门后。阿灿不明就里地看着铃的背影。

"我去菜地里看看!"再次走出家门的时候,铃向阿灿打了声招呼,拎起小水桶快步向着梯田跑去。

走到了梯田的上段,铃放下水桶,回头向港口张望。

今天,海上也停泊着好多军舰。

铃从怀里掏出速写本,又拔下了代替发簪插在头上的铅笔。

原来,径子姐姐一直在强忍着悲伤啊。

而我竟然花了好几个月才弄明白。

我真是个迷糊的人啊。

铃把铅笔举到面前,测量过比例,在雪白的速写纸上画下了一条水平的直线。

她坐在石阶上,专心致志地画起来。

"那艘是'大和'号……这艘是'利根'号。"

一边仔仔细细地反复观察,铃一边在画纸上再现着军舰的样貌。

突然,一只大手闯进了铃的视线,抢走了速写本。

铃回头,赫然发现有宪兵站在自己身旁。

宪兵翻动着速写本,一张一张仔细地检查着里边的画。

被这突如其来的事态打断了思路,铃根本没有办法好好地解释事情的经过。

"这个……那个……我……这是……"

石阶上走下来另一个军官模样的男人。中士向部下使了个眼色，宪兵把铃拉了起来。

"我……我就是想……画些船送给搬到远方的孩子……"

活像是被两个宪兵押解着一样，铃回到了家里。

"这个女的，是住在这儿吗？"

铃被押着从晾着的床单和衣物之间穿过，在她的身后，露出两个宪兵的脸。正坐在走廊上休息的阿灿吓了一跳。

"宪……宪兵大人？"

阿灿扶着玻璃窗站了起来。径子和晴美听到动静也都跑了出来。

"我们发现她在画舰艇和海岸线的写生！！这可是间谍行为！！"

宪兵用手背敲打着速写本，大声责备。

阿灿和径子并排站在宪兵面前，铃的身体则越缩越小。

"别看她表面上老老实实的，谁知道心里在盘算什么阴险狡猾的计划啊！"

阿灿和径子老老实实地听着宪兵训话。

"这个女人的丈夫是海军军法会议所的下等书记员吧。"中士说道。宪兵揣摩着上司的意图，立刻不失时机地用更为激烈的语气责问起来。

"她有没有趁机窃取军事机密？有没有使用暗号跟谁通过信?!在这个女人的随身物品里有没有看见过密码表？有什么显示她有幕后身份的东西吗？啊？快说！"

宪兵的话，让铃意识到了问题的严重性，她脸色发青。阿灿和径子也紧闭双唇，身体微微地颤抖。

听完部下的讯问，军官也严肃地开了口。

"这次就暂不拘捕你。但你们今后要时刻注意监视！儿媳妇归根结底只是个外人！"

最后，宪兵没收了铃的速写本，离开了北条家。

"当当当"，座钟响了六下。

"我回来了。"周作走进家门。"怎么衣服晾干了也不收——"话说到一半，他忽然噤声了。只见家里的女眷们全都站在外间，一个个垂头丧气的。

"哎呀周作，那个……铃被宪兵大人给警告了……"

听完事情的经过，周作说着"铃，你来一下"，就向书房走去。他把公文包放在书桌上，拉开抽屉，拿出了一个小小的笔记本和一支铅笔，默默递给了身后的铃。

"这么小的本子，就画不下海岸线了吧。"

铃接过本子和铅笔，按在胸口。

大概是因为心情失落的缘故，更能体会到周作的温柔。

"铃是爱画画的人……"

周作走到房间的一角，靠在角落的柱子上，伏下脸。

"下次，能不能给我也画一张？"

"……这……我可能画不好……"

周作深深地叹了口气，抖动着肩膀。

"铃是间谍啊……"

在外间听着两人对话的阿灿和径子也说话了。

"周作啊，你就别忍着了。"

"我们倒是觉得真对不起宪兵大人啊……"

"想笑又不能笑……"

"越忍又越觉得好笑。"

已经忍不下去了，径子、阿灿和周作同时大笑了起来。阿灿拍拍铃的肩膀，边笑边说。

"你这孩子啊，一旦全神贯注就看不见周围了。"

"结果那副一本正经的样子，又被人当成是什么聪明人。"径子捧腹大笑，周作听到这话笑得直捶柱子。

"这家伙，以为我每天六点下班，所以就是个书记员[i]，这样的人，要怎么窃取机密啊。陆军那帮宪兵真是笨死了。"

"不知道是什么意思……但好像有点好笑。"晴美也蹦蹦跳跳地跟着笑起来。

听着大家开怀大笑的声音，铃想起了阿灿的话。

"一家人开开心心地一起生活下去，不是更好吗？"

铃脸上僵硬的表情也渐渐融化了。

---

i 在日语中，"六点"和"书记员"同音。

昭和 19 年 8 月

・1944 年・

铺天盖地的蝉鸣声混合着灼热的空气，让气温显得更高了。铃一边在豆腐店前长长的队伍中排着，一边抬头看着没有一丝云彩的天空。视线里，一只燕尾蝶横穿过去。

　　虽是战时，可仍有蝉鸣，也会有燕尾蝶飞过啊……

　　伴随着队列的前进，铃也往前踏了一步。目光触及告示板上的告示，上边写着从下个月开始，砂糖的配给变成每两个月一次。"哎呀……连砂糖也……"，铃忍不住自言自语。

　　买好豆腐，铃穿过凉爽的墓地向家里走去。

　　她一边走路，一边心不在焉地看着趴在樱花树上吸食树汁的独角仙和吉丁虫。

　　六月里，大家因为空袭警报而纷纷骚动的时候，战争像是已经近在眼前……可现在，战争究竟在哪儿呢？

　　就连虫子们的行为，也和以往没什么不同啊。正想着这些，铃却被什么给绊倒了。

"哎呀!"

碗里的豆腐一下子飞到了天上。

"啊!"

铃赶忙用碗去接,看到豆腐平安无事地掉回碗里,她放心地吁了一口气。低头看看脚下,发现晴美正蹲在地上。原来刚才是被晴美给绊倒了。

"好多哦……"晴美说着,站了起来。

"对不起啊。"铃摸了摸她的头。

"没关系……我正在看蚂蚁呢。"

铃低头,只见地面上,蚂蚁排成一列。

"噢——,这队伍不知是排到哪儿去的呢。"

她们开始沿着蚂蚁的队列向前走。走了一会儿,两人都有种不妙的预感。再这么走下去,不正是自己家的方向吗?

预感成真了,蚂蚁的队列一直延伸到了北条家厨房的后门。推开门,铃悄悄地向里窥视。只见蚂蚁们排着队沿着柱子向上爬,最后到达的目的地竟然是砂糖罐。

"啊——!"铃抱住了头。"现在砂糖可是稀缺品啊!"

她赶忙踩着凳子拿走砂糖罐,抚落上边的蚂蚁。匆忙之中手上一滑。

"啊!"

要掉了!

铃和晴美同时伸出手。总算是勉强接住了,"呼——",两个人安心地喘了一口气。

"要藏到蚂蚁找不到的地方去……"

"说得对,藏到哪儿呢?"

晴美和铃环顾着厨房。

阿灿正在小屋里折手纸,无意间看了看厨房的方向,只见铃和晴美两个人无力地垂着肩膀,不知正因为什么而垂头丧气的。她满心疑惑。

"这是……怎么了?"

"……原以为放到水上的话……蚂蚁就爬不过来了……"

铃说出了事情的经过,原来,为了让蚂蚁不能再接近砂糖罐,两人想把它放进花盆,再浮到水缸里。谁知一放进去,花盆立刻失去了平衡,砂糖罐一下子就沉到水缸底下去了。

看到两人失落的模样,阿灿打开了柜子最下方的抽屉。她拿出一个纸盒,打开盖子。纸盒里,是为了防备万一而存下的私房钱。阿灿取出两张五圆和五张一圆纸币,递给铃。

"拿上这些,去黑市上买糖吧。"

铃拿着阿灿所画的黑市地图,不安地走在陌生的街道上。沿着三个巨大的仓库走下坡道,终于到达了黑市。等待着铃的是令人惊讶的光景。狭窄的道路两旁密密麻麻,满是临时板房搭成的商店,人群摩肩接踵,在板房之间穿梭来往。

可是,店外的架子上却没摆什么商品。

明明没有东西卖,怎么会有这么多人呢……

铃觉得不可思议,她观察起了距离自己最近的商店。店里的老板娘正给女顾客看布袋里的东西,说,"这是台湾米,是我珍藏的。"

客人把手伸进袋子里,查看着米的品质。

"如果想要的话,内地的米我也能弄到。"

原来如此,铃总算明白了。因为私自卖东西是违法的,所以商品都被藏了起来。另一边的商店门口,一个买完东西的顾客正在把西瓜装进自己带去的背包里。

西瓜不是奢侈品吗?不是已经不让种了吗?……

铃正感到惊讶,又有人挑了布匹从她身旁经过。

这里真是应有尽有啊……

文具店的门口,一个男孩正缠着父亲买十二色的水彩画颜料。

"哈——真像是回到了战争前的暑假啊。"铃心头一热。

她在拥挤的人群里四处走着,终于找到了一间招牌上写着"各式调料"的店铺。听到铃开口说要砂糖,店门口坐着的老头态度生硬地回答,"砂糖二十圆一斤。"

"啊……要配给价的五十倍以上吗……?"听到这意料之外的高价,铃吓得脸色发白。

"现在不买,以后还会更贵。"

她只得蹒跚着离开了店门口。

从阿灿那里拿来的私房钱加上这个月的生活费,一共也只有二十五圆……

但是，少了砂糖的话，做的菜就太没有味道了。

铃蹲在电线杆子后边，用捡来的滑石在地上写下了"买"和"不买"。

她一边念着"点——兵——点——将"一边在两个选项之间来回指着。最后，铃的手指停在了"买"上边。

咬咬牙狠下心，铃买了一斤砂糖。装了砂糖的布袋简直就像装了金银财宝一样珍贵，铃小心翼翼地将它放进包里，又像怕被人抢走似的，用双手抱在胸前向家里走去。

真是……以后砂糖要是涨到一百五十圆，奶糖之类的怕是一百圆也买不到了，袜子的话岂不是三双就要一千圆……

在这样的国家……我们还能活得下去吗……

铃心乱如麻地走着，忽然间，她停下脚步。环顾四周，不知什么时候，自己已经走出了黑市，来到了一条没有人的大路上。在道路的右边，矗立着西洋风格的设计时髦的巨大建筑物。

哎呀……这究竟是哪里呀？

不知怎的，身边走过的人都是故意将和服穿得有些松散的妩媚女性。可是，当铃说出家里的地址，询问回家的路时，却没人能说得清楚。

"唉……"

铃叹了口气，坐到了路旁。她一边发呆，一边用刚刚捡来的滑石在地上画起了画。当她画完西瓜，正继续画奶糖的时候，几滴水溅到了画上。

"啊,抱歉!"

"……没关系……"

铃连回答的力气也没有,继续头也不抬地画着。正往路上洒水的女子小跑着来到铃的面前站定,目不转睛地盯着地上的画。面对这双一动不动的脚,铃终于抬起了头。

面前站着的是一个年轻的女子,身穿龙胆花图案的和服,袖子上束着带子。女子的年龄看起来和自己相差不大。她指着地面,说话了。

"西瓜?"

"嗯。"

"奶糖?"

"嗯。"

最后,又指了指铃。

"迷路了?"

"嗯。"

"明明是个大人呀。你从哪儿来的?"

"长之木……",铃一边回答,一边摇摇晃晃地站了起来。

"姐姐,这里谁都不肯告诉我回去的路,大家彬彬有礼,身上又香香的,这里是不是龙宫城呀?"

面对着追问个不停的铃,女子说话了。

"长之木的话,从前边拐弯以后一直沿路下坡走到邮局……然后……"

她也说不清楚了。

略想了片刻，女子对铃说"你等一会儿。"随后，她一边喊着"姐姐，我想问一下——"，一边向挂着"二叶馆"招牌的房子跑去。

铃闻着空气中女人留下来的甜甜的香味儿，陶醉地闭上了眼睛。

"先去这边……"

凛停下脚步，把花街入口的大门指给身旁的铃。"从这儿出去……然后在邮局前边的拐角向右上坡。"

看到凛特意把自己送到容易迷路的地方，铃恭恭敬敬地低头致谢。"谢谢你。"大门外的路旁有派出所，巡警正站着执勤。

"来这儿的人都不怎么认识路。大家都是外地来的人，也不愿意从这个门走出去。"凛在门前停下脚步，问铃。"你也是从广岛南边的海边来的？"

"是……你是怎么知道的？"

"听你说话的口音。"凛一边说着，一边掏出怀纸。

"你也是江波来的吗！"看到铃兴奋的样子，凛答道，"我是草津来的。"她将一张怀纸咬在唇间，把其他的收了起来。

"草津！"铃的眼睛亮了。"从前，我每年都会去奶奶家吃西瓜呢。"

"我家很穷，所以我只能吃人家吃剩的西瓜皮。"凛的目光飘远了。

忽然，铃的脑海里闪过一幕令人怀念的景象。

"有次遇上了好心的人……让我吃到了红色的部分。可那都是很久以前的事了。你真会画画呀,能不能帮我画几幅……我想看的时候就能随时看看了……"

凛把手里的怀纸递给铃,"行吗……"

"这还不容易。"铃把怀纸按在大门的柱子上,用铅笔画起了西瓜。不一会儿就画好了,她问铃,"还有什么想让我画的,尽管说。"

"薄荷糖!蕨饼!"

"薄荷糖……蕨饼……",铃唰啦唰啦地挥动着铅笔。

"还有,冰激淋。上边插着威化饼干……"

"威化?"铃看着凛的脸。

"你不知道吗?你没去过咖啡馆?"

这时,二叶馆的门口传来了喊声,"凛!"有几个海军的下士官正要进店。

"抱歉。我必须得走了。"凛抱歉地合掌,匆匆转身离开。向着她的背影,铃说,"我下次画好了给你带来。"

凛停下了脚步,"……不用了……",她脸上的表情与刚才不同,带上了一丝阴影。"这也不是你能一来再来的地方。"

"……咦?……"

回头看见铃一脸疑惑的样子,凛再一次露出了爽朗的笑容。

"因为你又会迷路呀!"

她一边解开袖子上的带子,一边翩翩然地跑远了。

铃穿过大门,看到门上的字,终于明白了这龙宫城究竟是什么地方。

她心里想着凛,闭上了眼睛。

好像很久很久以前在哪儿见过似的,但是怎么也想不起来。

"好慢啊——",铃刚一推开家门,就听见厨房里传出径子的声音。"听说你去了市场,我就在想你回来的路上会不会迷路。"

铃吓了一跳,她装作若无其事的样子,询问正在削马铃薯皮的径子。

"姐姐,咖啡店里插着威化饼的冰激淋,是什么样子的呀?"

"怎么,你没见过吗?"

径子站起来打开水缸的盖子。

"那个啊,甜甜的冷冷的,脆脆的,像是仙贝一样,沾着冰激凌吃。"

说话间,她用勺子舀起水,放进杯子。

"哎,那味道真是……",径子一口气喝光了水。

"哈——,好久没聊过甜的东西了,就连喝水也变甜了呢。"

铃不知该说什么才好。

因为那是……泡了砂糖的水呀……

昭和 19 年 9 月
・1944 年・

"北条家的媳妇,有你的电话!"

听到知多太太的大声呼唤,铃停下了手里打扫的活儿。她放下扫帚,走下了走廊。这附近唯一一条电话线牵在知多家,邻组的大家都借用那台电话。

接完电话,铃来到了书房。就像周作在电话里说的那样,桌子下遗落着一个笔记本,封底上有一个正方形的缺口。铃捡起本子放进包里,穿上木屐飞奔了出去。

铃在玄关外边碰到径子,告诉她自己要去一趟周作上班的地方,却遭到了径子的训斥——穿着这么脏的便装去找周作,也太给周作丢脸了。铃听了,慌忙换上外出穿的裤子,又在脸上扑了点粉。

久违地正式打扮起来,铃的心情也变得有些雀跃。说起来,自己这还是第一次去周作上班的地方呢。

吴市军港集中了许多海军设施，周作所属的军法会议所，在军港的最东边。推开大门，展现在眼前的，是军人的世界。每当有下士官走过，水兵都一丝不苟地严守着时机敬礼。铃惴惴不安地向里走。迎面走来了一队人，身上的军服十分气派，和他们擦身而过的时候，水兵都挺直了背脊，利落地敬礼，就连铃也紧张了起来。

工厂的列车沿着军港铁路专线向院子里边开去。听到汽笛声，铃转向列车的方向。当列车开走，她看见了正向这边走来的周作。

铃像是得救了一样，朝周作一路小跑。

"我来给你送笔记本。"她从包里拿出本子递上前。可是，周作却带着疑惑的表情盯着铃的脸。

"咦……"

"……？"

"……铃……你的脸色好苍白，没事吧？"

咦？是妆没化好吗……？

"啊……是不是很奇怪？"

"不，你身体没事就好。"周作把本子收进公文包里。"那，我们出去走走吧。"

看到周作走向大门，铃露出了诧异的神情。

"工作怎么办？"

"其实不着急，我是特意让你来送本子的。你不是说过，去城里买东西很高兴吗？"原来周作是想和自己去街上逛一逛。

面对这出乎意料的情形,铃惊讶得说不出话来。

两人走出大门,向繁华的商业街走去,铃却停下了。留意到她的举动,周作也跟着停下。只见铃背过身子,垂下了头。
"怎么了?是不是真的身体不舒服……"
面对匆匆靠过来的周作,铃拍了拍他的肩膀。
"是感动得在偷笑呢。"
看着铃坦诚地流露出喜悦的样子,周作不知怎地害羞起来。
"本来还想看电影的……"
两人停在了电影院前。马路上挤满了水兵,怎么也没法往前走了。
"唔,正好有艘大船回来了啊。"周作若有所思。"这次只好让给他们了。虽然很遗憾,但咱们下次再来吧。"
铃看着眼前的水手服,心里跳跃着白兔般的波浪。
啊……
回想起让人怀念的儿时伙伴,她不由得留意起身边的水兵来。发现铃悄悄地往自己身后躲,周作开口问道,"铃?"
"有个小学同学……当了水兵。我在想要是在这儿碰上了该怎么办。"
"正常地打声招呼就行了呀……"
"好像是这么回事,但又觉得不是这么回事……"铃硬是靠在周作的身后。
"我才觉得不好意思呢。"周作把铃从自己的身后拉开。

倚靠在界河桥上的栏杆边，铃心不在焉地眺望着河水。河面上淡淡地倒映出自己和周作的身影。

"如果遇见以前的朋友……我会有种从梦里醒来的感觉……"

"梦？"

"住处和姓氏都变了，还遇到了好多困难，尽管如此，周作你对我很好……还交到了新朋友……要是现在醒来的话，就太没意思了。"

铃抬高视线，看着渐渐染上淡紫色的天空。

"如果现在的我是真的就好了。"

"原来如此……过去的事情，自己没能选择的路，都像是已经醒来的梦一样啊。"

周作自言自语之后，看向铃。铃也转头看着周作。

"铃，选择了你，对我来说可能是最好的选择。"

周作的话，让铃的心砰砰直跳。

这一刻，像是和眼前的这个人心灵相通了似的……

周作握着铃的手腕，说，"最近你是不是瘦了，我挺担心的。"

"那是因为……最近没什么食欲。"

"唔。"

"啊……"

像是想到了什么，铃忽然脸红了。周作也留意到了她的表情。

"啊！！"

他脸红的程度丝毫不逊于铃，紧紧地抓住了铃的手。

昭和 19 年 9 月 18 日

・1944 年・

从医院出来，铃迈步走向朝日町。来到二叶馆前边的时候，凛正在扫地。见到铃的脸，她的眼睛先是睁得大大的，接着又眯成了一条缝。两个人在门口坐了下来。

"画得真好呀……"

看着铃拿来的画着西瓜、薄荷糖、蕨饼的画，凛感叹道。

"谢谢你特意拿来。"

"没事，我正好路过。"

凛翻到第三张，目不转睛地盯着那幅画。只见在小碗的旁边，画着瓦片形仙贝似的东西。

"这是什么？"

"啊……哈哈。"铃打着哈哈想搪塞过去，她趴在凛的耳朵边上小声耳语。

"什么？这是冰激淋？"

"——对不起。"铃抱住自己的头。"我完全想象不出来。"

"应该是我说抱歉才是。我只念过半年小学，能看得懂片假名[i]，可看不懂平假名[ii]。"

画的旁边用平假名写着"冰激淋"，凛却没能看懂。

"……我写身份证明[iii]的时候也很费劲。"

"我倒没怎么费事。"凛解开脖子上的绳子，从胸前拿出一个小袋子。她把袋子打开，拿出一张纸。

"有个好心的客人帮我写了。有了这个就没问题了。"

那是一张笔记本封面上撕下来的纸片，做成了身份证明，上边用钢笔写着"白木凛"，又在名字旁边写着"二叶馆员工 吴市朝日街 A 型"。

"噢——"，铃看着那张纸。

原来她叫白木凛……

"你怎么样 你还好吗 要好好地好好地加油啊 今天也高高兴兴 还有明天——"[iv]

铃开心地哼起了歌，她看了看手里的纸，又把它收回到小袋子里。

"我说，凛啊……"

"嗯？"

"我听了接生婆的话，去看了妇科。"

---

i 日文文字，多用于注音。
ii 日文文字。
iii 二战期间为防止发生空袭时无法辨别伤员身份，政府要求一般居民携带的记载姓名、住址、血型等内容的纸张。
iv 1942 年的歌舞喜剧电影《歌唱的狸御殿》中的主题曲。

"哦，你怀孕了吗？"

"我以为是怀孕了，结果只是因为营养不良和环境变化，生理期混乱了而已……"

铃表情失落，凛把身体倚靠在铃的肩膀上，说，"真羡慕你啊，生理期可真烦。"

"话虽如此……可是家里人也很期待来着……"

今天早上，姐姐念叨着吃饭要吃两个人的份，给铃盛了一大碗饭。

"真失望啊。"铃抱起了膝盖。

"你自己好像也很期待？"

"这个嘛……"

"我妈妈在生我的时候吃了很多苦。"凛的脸凑近了。

"最后还因为难产死掉了。"

"唔……其实，我也挺害怕的。可是男人们都在战场上拼命，我也要尽义务。"

"义务？"

凛歪头。

"好好地留下子嗣，不是妻子的义务吗？"铃的语气里带着些逞强的味道。

像是要避开铃的那股子气势，凛说话了。

"一定要是男孩才行吗？"

"我要一直生到生出男孩为止。"

"唔……"

"啊",凛像是想到了什么,啪地拍了一下手。"但是,孩子生下来也能帮家里干活嘛。"

凛这异想天开却又鼓舞人的话,让铃松了一口气,她用力点头。

"嗯,对!对!而且还很可爱!"

"实在不行了,还能卖给别人当佣工。"

铃僵住了。这样的事,自己连想都不曾想过。

"女的不能继承家业,还可以卖高价。"

"……"

铃扶着电线杆子站了起来。

"不知怎么了……觉得自己的烦恼傻乎乎的。"

凛也握着竹扫帚站起身,笑着对铃说,"那就好。"看着铃转向自己,凛继续说。

"其实啊,被卖掉的孩子也都自顾自地活着。这世界上的容身之处可多着呢。对吧,铃。"

这番话像是渗进了铃的心里。

"……谢谢你,凛。"

两个人珍重地相互低头致礼,又彼此带着几许羞涩道别了。

"早上多吃了那么多,晚上就少吃点吧。"

晚饭时,径子给铃盛了饭,只见清澈见底的粥里沉着几颗米粒。

"唉……",铃无奈地点了点头。

昭和 19 年 9 月 24 日

・1944 年・

秋日的天空覆盖着鳞片似的卷积云,蜻蜓飞舞。

最近,空袭警报响得十分频繁,美军那巨大的铁蜻蜓也许快飞过来了。这仿佛随时将会降临的事,让住在镇上的人们坐立不安。小林伯父和伯母为了以防万一,也把最基本的生活用品存放到了北条家里,这里位于山脚下,相对安全。

把小林家的行李搬到小仓库二楼,铃用手巾擦了擦脸上的汗。

"辛苦你了。铃也下来喝杯茶吧。"

台阶下传来小林伯母的声音。铃应着"来了!",迈步走出仓库。这时,她发现脚下的皱褶纸里露出了半个饭碗。

"这样一来,就算家里被烧,也能应付眼下的生活了。牙刷啊内裤什么的都带来了。"

伯父坐在走廊上喝茶歇息。伯母和阿灿、径子也一起坐下来喝茶。铃走了过去。

"您看这个。"她把饭碗拿到伯母面前,询问这是不是小林家的东西。

伯母接过饭碗,查看一番,还给了铃。

"这不是我家的东西。"

径子探过身子去看看碗,说,"我也不认识。"

"咦。"

"这不是你的东西吗?怎么连自己的嫁妆都给忘了呀。"

"是吗……",铃盯着小碗。她把碗举高,想看看有没有什么记号,可碗底什么也没有写。碗上蓝色的龙胆花图案在阳光的照射下折射着晶光。

伯母微笑着看着铃。

"铃真是个好媳妇呀。"

"嗯?"铃看着伯母。

"做事勤快,又大大方方的,托你的福,连周作都变得比从前开朗了。"

伯母说完喝了口茶,再次开了口。

"那孩子一时糊涂,还好让他早早放弃,跟铃这样的好孩子成了家,真是万幸。"

伯母在不经意间扔下的这枚炸弹,把径子和伯父吓得说不出话来。两人战战兢兢地看了眼铃,发现她正把脸埋在手巾里。过了一会儿,铃用手巾包好头发。重新露出来的脸颊微微发红。她脸上带着开心的笑,说"我去翻翻棉被",一边站起来,沿着梯子爬到屋顶上去了。

"怎么害羞了。"径子惊讶地说,"看来关键的地方根本没反应过来。"

"幸好没反应过来。我都吓出了一身冷汗。"伯父摸着胸口。

屋顶上,周作抱着膝盖上的猫,坐在晾干的棉被旁边。铃把带着太阳香味儿的棉被翻了个面,也坐到了周作身旁。周作放走猫,顺势躺在了屋顶上。

"快看,都已经是秋天的云了。"他指着卷积云。

"真是呢。"

忽然,周作问道。

"……铃,那个小碗,是龙胆花图案的吗?"

原来,他也听见了楼下的对话。

"是的。"

"那个是我买的。我想着要送给嫁到我家的人,就买了。铃,你拿去用吧。"

听着对方轻描淡写的语气,铃不知该怎么回答。

为了制作国防训练用的竹枪,铃在竹林里挥舞着砍柴刀。她砍下尺寸合适的竹子,再一片片地去掉叶子。

竹林里盛开着大片的龙胆花。

自然而然地,铃想起了之前看见过的饭碗。

不经意间,她像是想到了什么。最近,除了饭碗之外,好像还在哪里看见过龙胆花的图案。

铃放下砍柴刀,在记忆里搜寻。

啊……是在凛的和服上……

心里的拼图一片一片拼起来了。

"过去的事情,自己没能选择的路,都像是已经醒来的梦一样啊。"

周作曾经在桥上说过这样的话。

"有个好心的客人帮我写了。"

凛的身份证明书。

那张纸,是从笔记本上撕下来的……

"!"

铃站起来,从后门跑进了房间。她调整呼吸,悄悄地进了书房,地板咯吱咯吱地响着。站在周作的书桌前,铃把手伸向了最上边的抽屉。

抽屉里整整齐齐地摆着文具和记事本。在记事本下边,有一个笔记本。铃拿出笔记本,翻过来,封底赫然有一个和身份证明书同样大小的缺口……

终于明白了……这不是梦啊……

周作的过去突然出现在面前,铃感到胸口发疼。

这疼痛提醒她,这才是现实。

她这才发现,自己已经深深地爱上了周作。这心情并不是梦,而是现实。

"在降落伞着地之前要攻击腿部!"

随着教官的一声令下,一旁年轻的家庭主妇端着竹枪冲了出去。

"好！下一个！准备！"

这时，铃的头上挨了一颗小石子儿。

"喂！别走神！轮到你了。"

听到知多太太的提醒，铃慌忙回头，"啊，来了！"

现在正是妇女会的军事训练，不能走神。

知多太太和刈谷太太并排站在后边，不知怎地，两人和铃维持着异样的距离。

"你们……为什么离我那么远？"

刈谷太太说，"在你拿着长东西的时候不要靠近你，是我们之间的规矩。"

"……"

昭和 19 年 11 月

・1944 年・

径子在小林伯父的介绍下找到了工作，从上周开始每天都要出门上班。也因此，铃更加要忙于家事，反而没空胡思乱想了。不过，这么想好像也不对……

铃把和晴美一起搜集到的落叶放在灶台下熏烤。看差不多了，就扒拉出来用水壶浇上水。袅袅而上的烟吹进了眼睛，铃闭上了眼。

这时，径子下班回家了。她嘎啦嘎啦地推开玄关的拉门，又掀开了因为灯火管制而挂上的黑色幕帘。

"你回来了。"

铃回过头，径子看见她的脸，"哇！"地向后退了一步。铃的脸被煤烟熏得黑乎乎的。

"还以为这是哪儿来的狸御殿呢！"径子提起了不久前流行的歌舞电影。说到这个，铃想起来了，凛也哼过这部电影的主题曲呢。

不行不行,又开始想那个人的事情了……

径子走到房间里去了,铃把冒烟的落叶用热水加固,捏成团子的形状。不一会儿,周作也回来了。

"我回来了。"

"你……你回来啦。"

铃没有办法若无其事地跟周作说话,显得很笨拙。她堆着落叶,周作弯下腰,把手伸向她的头。

"小铃啊,你的身上挂着树叶呢。"说着,他取下了挂在铃头发上的树叶。

"我在用落叶做代用的煤球。"

把木炭粉用赤菜固定,晾干后就成了煤球,也就是木炭的代用品。而现在铃所做的,是把落叶的余烬用热水固定后再晾干,是煤球的代用品。

"加油啊——"

周作哼着歌走远了。

"你怎么样 你还好吗 加油啊加油啊——"

听到这首歌,铃的心蒙上了一层阴影。

小林家的饭厅里,伯父伯母正面对面地坐着吃晚饭。

"那两个人……"

"嗯?"

"没什么……",伯父喝了口汤,停下了筷子。他想了想,又开了口。

"说实话,不知道究竟相处得怎么样。"

"当初你就不该答应周作借给他那么一大笔钱。"

伯母生气地说完这番话,咯吱咯吱地嚼起了腌萝卜。

"他说是跟着上司第一次去了花街柳巷,结果却同情起了出来迎客的姑娘,说要救人家出来,用那种青涩的眼神求着我啊……"

把筷子搁在饭碗上,伯父沉湎于过往的思绪之中。

"快吃饭!"

伯父慌忙拿起筷子继续吃饭。

"幸亏我发现得早。"

举着筷子,伯父凝视着筷子尖上的米饭。饭里混着切碎的乌冬面。

"米不够,我就切了干乌冬面混进去。"

伯父盯着乌冬面,自言自语。

"浦野铃。"

"什么?"

"放弃花街女的条件,就是要找到广岛一户做海苔人家的女儿,浦野铃……"

周作说出了这样离奇的话。小林伯父刚开始半信半疑地寻找这个姑娘的时候可从来都没想过,周作竟然真的娶了这个女孩。

"当初还以为是太难过了,随口敷衍我的。现在看看,这两个人多好。"

伯母一边吃着腌菜一边说。

"感情真是在哪儿都能培育啊。"伯父的目光飘远了。

铃从周作身边爬起来,慢吞吞地向火盆的方向挪动。周作也披上睡衣。

"铃,你是不是对于没有怀孕的事……很介意?"

铃用火筷拨弄着代用煤球,回答道。

"没有。我满脑子都是代用品的事,太累了。"

"代用品……?"

这时,火盆里冒出一股浓烟,瞬间布满了房间。

"呜……",周作睁不开眼睛,不住地咳嗽。

"火盆里放的是什么?"

"哎呀,是代替煤球的树叶,没烧成炭。"铃一边咳嗽,一边用袖子捂着嘴往外跑,周作也"吭吭吭"地咳个不停,赶忙站起来向房间外跑去。

昭和 19 年 12 月

·1944 年·

打开玄关的拉门,铃朝身后说,"我先问问家里人。"

"噢。"

铃悄悄走进门,被晴美"咦?"的一声吓了一跳。晴美之所以会出声,是因为铃的身后站着一个水兵。

"哇,是真的水兵!"

跟着铃进门的,是水原哲。

"……在水井边偶然碰上了。"

铃把哲介绍给家里人。除了圆太郎因为上夜班不在,其他人都在。哲在暖桌旁坐下,无孔不入的晴美立刻粘了上去。

"我叫水原哲。是军舰'青叶'号的船员。"

"'青叶'号是一等巡洋舰呢。"晴美立刻不失时机地搭话。"哦!"哲的脸上露出了赞许的神色。

"哎呀,晴美。"

哲"哈哈哈哈"地笑了,用那双大手摸了摸晴美的头。晴美呆呆地红了脸,抬头看着哲。

"明明是冬天,却晒得这么黑。"

"是到我们家来洗澡的吗?"阿灿问道。

"今天是洗澡登陆的自由活动时间。我也没有什么地方可去,就拜托同乡的小铃,来叨扰各位了。小铃多亏了大家的照顾。"

哲把手放在暖桌上,向北条家的人低头行礼。看着哲的演技,铃无话可说。

哲抬起头,从怀里掏出香烟盒,抖出一支烟来递给周作,见周作摆摆手拒绝,他就自顾自地抽出了那支烟。

"小铃从小就只知道画画和晒海苔,在这里给大家添了不少麻烦吧。实在受不了就尽管告诉我,我会把她带回去的。"

哲说完这番话正哈哈大笑,头上冷不防挨了铃的一记烟灰缸。

"呜……"

"你也适可而止一点!还小铃小铃地乱喊人家。"

面对生气的铃,哲也像是闹别扭似地问,"那我该叫你什么呢?你都已经不姓浦野了吧!"

"我……"

"铃啊,不要对水兵先生这么没礼貌。"听到阿灿的责备,铃有些不甘心。哲却若无其事地点燃了香烟。

"……"

铃一边做着晚饭前的准备一边烧好洗澡水,紧接着开始做饭。哲笑眯眯地看着她忙碌的样子。

"有什么好笑的吗？"

铃很不耐烦地问道。

"挺有意思的。你也变成一个普通女孩了。"

哲吃过晚饭，洗了澡，还真把这里当成自己家一样自在。

径子把仍想缠着哲的晴美拽走，进了旁边的小屋。

"我也该睡了。"阿灿说完也站了起来。目送她离开房间，哲放松地横躺在了地上。

"哎……还是陆地上舒服啊。"

"'青叶'号的情况怎么样？"

听到周作的问话，哲躺着回答。

"在马尼拉被击伤，勉勉强强开回来了。明明是艘好船，可是既没派上大用场，也没能战沉在海疆……我说，周作啊。"

哲把头转向正看着自己的周作。

"苟活于世的滋味真是不好受啊。"

周作咀嚼着哲的这番话，这是伴随着死亡而生存的人所说的话。他转头看着哲。

"水原啊，父亲要上夜班回不来，今天我算是一家之主。抱歉，今晚不能让你在这屋里过夜。"

铃洗完澡回到饭厅，没看见哲。

"咦？"

周作点燃怀炉，说道。

"我让他去仓库的二楼睡了。那儿有小林伯母的棉被。"

"这样啊……抱歉,我没打招呼就把他给带回来。"

"没事……不过,原来你也有凶起来的时候呀,真少见。"

"给,我点了个怀炉,你给他拿过去吧。"周作把怀炉递给铃。

"还有,好好陪他说说话吧。以后可能就再也见不到了。"

铃接过怀炉,带着疑惑的神情看了看周作。

周作却没有再开口说话。

端着怀炉,铃拉开了小仓库的门。她在那儿停下脚步,扭头看向主房。玄关的拉门上淡淡地映出周作的影子。只见那双手正锁好门,拉下遮光幕。

铃在原地踌躇了一会儿,她下定决心,进了小仓库。

"真是抱歉,让你睡在这种地方。"铃一边道歉,一边把怀炉放在垫被上。

"哈哈哈,跟吊床相比,这里简直是天堂了。"哲把被子盖在怀炉上。"来",他催促着铃,"满肚子的话要跟你说呢。天这么冷,把腿盖上吧。"

"嗯",铃用被子的一角盖住了腿。

哲把手伸进自己带来的随身小包里,拿出什么东西,递到铃的面前。

"看,给你带的礼物。"那是一支洁白而光滑的羽毛。

"哇……"

铃灵机一动,从楼下取来了柴刀。她从怀炉中取出一点炭,把羽毛的杆插进里边。

"这是要做羽毛笔吗?"

"嗯。"

铃将羽毛杆整理干净,用柴刀削出尖头,做成笔尖。

"来试试。"周作从小袋里拿出肥皂盒,在盒盖上滴上了几滴钢笔墨水。

铃用刚刚做好的羽毛笔沾上墨水。哲递上自己的笔记本。铃落笔,唰地一下画出了漂亮的线条。

"啊,能写了!"

"能写了,能写了!"

"……这是什么鸟的羽毛呀。"

"像是白鹭,我在南方的海上遇见的。"

"白鹭能飞过大海吗?"

铃一边说着,一边在笔记本上画起了白鹭。

"就是。江波的白鹭整年都只会站在河里。"

"……江波真是有不少白鹭呢。"

哲凑近认真画画的铃,看着画。

"不行啊,总是画不好。"铃停下笔,皱起眉头。

"你会画不好吗……是不是太久没画了?"

"唔……",铃含糊其辞。

"那幅画……那幅画着白兔波浪的画……",哲想起了从前的事情,露出了微笑。

"啊,你说那幅啊。"

"在那之后发生了大事呢。"

"是嘛？怎么了？"

"你忘了？"哲扭头看着铃摸不着头脑的样子，"老师把那幅画送去参加广岛市的比赛，结果得了很高的奖，我真不知道该怎么办才好。画变成了是我画的，可真正的成绩是属于铃的啊。"

哲把手放到了腼腆的铃的头上。察觉到铃身体的僵硬，他把手搭在铃的肩膀上，把她拉向自己。

哲轻轻地把嘴唇贴上了铃的脸。

像是要测量对方的体温一样，哲用自己的额头贴着铃的额头，感慨地说话了。

"铃好温暖啊。"

一瞬间，所有的一切都在哲的脑海里苏醒，耳旁像是响起了激烈的爆炸声，水花也席卷而来。不知是谁的军帽，正随着波涛起伏。

如同触碰到了死亡的冰冷，哲的心脏开始疼痛。

这一刻，他终于明白了，自己到底在寻求着什么。

哲紧紧地抱着铃，把她的脸按在自己的胸膛上。

"水原……"

他露出了泫然欲泣的表情。

"我好像一直在等着这天呢……"

"……"

"明明你离得这么近，可是我……"

前一秒还紧紧地靠着哲，下一秒，铃却使劲推开了他。

"啊！！真是的！！"

她突然俯下脸，用力抓住棉被。

"真的很生那个人的气！对不起，真的对不起。"

看着铃颤抖的手，哲说话了。

"你很喜欢他吧？"

"……嗯。"

"你啊……真是变成了一个普通女孩。"

绷得紧紧的线被剪断了，哲翻身钻进了棉被。

"……对不起……"

他背对着铃继续说。

"普普通通地生气，普普通通地道歉。"

"……"

哲回头，"真的不用带你回去吗？我还以为你是不情不愿嫁过来的呢。"

铃维持着低头的姿势摇了摇头。

"那就行了。"哲露出了开朗的表情，笑了。

油灯的火光微微地摇动着。

"……比你大四岁吧？"

"周作吗？"

"和我死去的哥哥同岁。"哲捡起落在枕边的羽毛笔，用它拨了拨油灯的火苗。

"我们家很穷，所以哥哥去了免费的海军学校。因为哥哥死了，我就加入了海军。军人就是要赌上生命去战斗。一切都像是理所当然。可明明没有犯错也要挨打,明明没有立功也会受到奉承,明明只是个人,却被当成是神。我是从什么时候开始,脱离了平凡的生活呢……"

哲放下握着羽毛的手,看着铃。

"所以……能在这儿看见过着平凡日子的铃,我就放心了。"

哲递出羽毛。铃微笑着接了过来。

"可千万别把我当成什么英灵去祭拜。想起我的时候,要笑着想我。只要你能在这个世界上普普通通地认真活到最后……"

"……好。"

天边泛起鱼肚白的时候,哲和铃走出了小仓库。哲迈步向前时,铃递出了笔记本。"你忘了东西。"

"哦,谢谢。"

铃手里提着油灯,和哲走在黎明前安静的小路上。

"就送到这儿吧。"哲站定了,看着铃的脸。

"铃,你变漂亮了。"

"你这个笨蛋",铃下意识地露出了怒容。

"啊哈哈哈哈",哲走远了,留下一串笑声。

想要表达思绪可真困难啊。无论是用语言还是用表情。

一看见你就生气,是我从小就养成的习惯。

所以……

在还给哲的笔记本上,铃在白鹭的画旁,写下了这样的话。

阿哲

谢谢你送给我羽毛

谢谢你成为了一个优秀的人

你能活着来见我 我很高兴

铃

昭和 20 年 2 月

・1945 年・

像鬼一样可怕的哥哥，被装在一个小木盒子里送回了家。

铃和周作一起参加了广岛的共同慰灵会，之后和家人一起回到了江波。

大家在要一常坐的位置摆好坐垫，把白布包着的骨灰盒放在上边。祖母说，怎么总像是俯视着骨灰盒似的，于是把自己的坐垫重叠起来放在下边，可骨灰盒却因此失去平衡倒了下来。

铃拿起骨灰盒想要重新摆好，却为那轻飘飘的感觉吃了一惊。她试着摇了摇，听见里头发出喀啦喀啦的响声。虽然被人交待过万万不能打开，好奇心很重的浦野家却断然不会这么听话。

盒子里放着一颗小小的石子。

"这是哥哥的……脑子？"阿澄自言自语。

妈妈用手拿起了石子。

"这不就是普普通通的石头吗？大冷天的被叫去看这个，真可笑。要一那家伙，真那么容易就死了吗？"

这么寒酸的石头，就算要一回来了想当成笑话也没什么可讲的。妈妈说着，去院子里找了颗好看的石头，重新放到了那个木盒子里。

开往吴市的列车十分拥挤，铃和周作站在车上摇摇晃晃。

人的生命如此易逝。

如果再也无法见面的话，想说的话也都无法传达了。

就像和哥哥一样，跟哲可能也从此都无法见面了。

铃抬起头，映入眼中的，是周作那剪得短短的头发，被笼罩在防空电灯微弱的灯光下。

这个人也是一样。

到处都在遭受空袭，不定哪天就再也见不到面了。

"周作。"

"嗯？"周作的视线转向铃。

"前几天的事，谢谢你了。"

"什么事？"

铃拉下为了防寒而系上的防空头巾，走到周作面前，直直地看着那双眼睛，说道。

"让我能跟水原好好聊天……"

"没什么……"，周作把视线从铃身上移开。铃却使劲把脸凑到周作面前。

"可是，周作啊，夫妇也就只是这么一回事吗？"

周作把脸转向着一旁,保持着沉默,最终忍不住开了口。

"你是勉强嫁给我的。"

他的语气忽然像是闹起了别扭。

"你在我面前都没有流露过那种生气的样子啊。"

"……我现在不是正在生气吗!!"

这时,列车咣当地摇晃了一下,铃摔倒在了周作的胸前。背后的乘客撞到铃的背上,两个人因此紧紧地靠在了一起。

"呵呵,我可没发现你在生气。"

"那是你自己不留神。"

"是嘛。"

紧靠在一起的两个人,像小孩子一样争个没完。

"为什么今天偏要穿那双有洞的袜子?"

"还不是因为铃你昨天补的袜子根本就没法穿!"

"还有其他能穿的呀!"

结果,直到家门口,两人都在为鸡毛蒜皮的事情拌着嘴。

在浴室里,铃仍然不住地在心里狠狠骂着,可同时她也发现,自己心里那些对周作的芥蒂,已经在不知不觉间消失了。

昭和 20 年 2 月 26 日

・1945 年・

铃推开窗户,发现四周被昨天的雪染成了一片洁白。刺眼的光线让人不得不眯上眼睛。为这少见的景色而感到兴奋,铃踏出了家门。她把训练用的竹枪当作拐杖,小心翼翼地沿着结冰的坡道向下走去。

铃从后门走进朝日町的欢乐街,来到了二叶馆。

她向一边说着"欢迎光临"一边迎出来的姐姐说想要见一见凛,对方瞥了她一眼,瞬间变了脸色。

"不知道!你这孩子,到别处去。"

伴随着气势汹汹的怒吼,眼前的门咣当一声被关上了。

"……"

铃无奈正想转身回去,忽然听见一声呼唤,"姐姐。"她停下脚步,回头看见建筑物里的窗边露出一个小姑娘的脸,头发红红的。

"我们也要做生意呀,你多包涵。"

"什……什么?"

"你是来要饭的吧?"

听到对方的话,铃才反应过来。自己背上还背着用来代替拐杖的竹枪。这么一副打扮难怪别人要误会。

铃摘下头巾和围巾,站到小姑娘面前。

"请问……能不能帮我把这个转交给白木凛……"她解开背着的包袱。这时,小姑娘猛烈地咳嗽起来。

"你没事吧?"

小姑娘弯下腰点了点头,嘴里说着"没事"。铃从包袱里拿出龙胆花图案的饭碗给她看。

"我想把这只碗交给凛。"

"凛正跟昨晚住在这儿的士官在一起呢。"

"是嘛。那,这只碗……"

小姑娘又咳了起来。这次比刚才还要厉害。

"你没事吧?"铃伸出手,越过窗户摩挲着她的背。

"嗯……不要紧。"小姑娘勉强露出一个笑,紧接着又一阵咳嗽袭来。

铃离开窗边,去路边的树枝上采了些积雪放在小碗里,又把它贴在了小姑娘的额头上。

"好凉哦。"小姑娘绽开了一个笑容。

"你能帮我把这只碗交给凛吗?也帮我转告她,因为觉得这只碗很适合她,所以想送给她。"

"好呀。这碗可真好看。"小姑娘接过碗。见她手腕上绑着绷带,铃询问起来,小姑娘若无其事地说,"和一个年轻的水兵绑在一块儿跳到界河里去了。"

"什么!!"

"比起这个,你还是离我远一点吧,免得传染上感冒。"

"没关系。我是个不容易感冒的笨蛋。那,和你一起的那个人呢?"

"那么浅的河,怎么可能淹死呢。"

"你们是……是恋人吗?"

"说是恋人嘛也算是恋人。说是陌生人嘛也算是陌生人。可是看他那个走投无路的样子我也忍不住心软了。"

"……"

"要是夏天还稍微好一点……我不喜欢冬天。如果能坐船去温暖的国外该有多好。"

听到小姑娘的话,铃拔下了背上的竹枪,在地面的积雪上画起画来。

她画了岛,画了椰子树,画了海平面,又在上边画了大朵的云。

"啊!就是这样的。"小姑娘从窗户里向外看,"就想去这种南国的岛屿。"她笑了。

"那可要在今晚之前让感冒好起来。"

"是呀。太冷了,我要关窗户了。"小姑娘关上了窗户,"你多保重啊。"铃说着,也转身离开了二叶馆。

刚踏上回家的上坡路，雪又开始静静地下了。铃抬头看着飘落的雪花想，周作啊，我到底有哪点比得上凛呢……

即便如此，我也要作为你的妻子一起走下去。即使会有冷天，即使会有雪天。

我啊，一定不会感冒的。

昭和 20 年 3 月 19 日

・1945 年・

梯田里的蔬菜刚刚发芽,铃用手捧着水浇灌小小的幼苗。旁边是正在摘笔头菜的晴美。铃浇完水,不经意间环顾四周。刚刚还在自己附近的晴美,不知什么时候跑到了下边的梯田上,垂头丧气地坐着。

铃立刻走下去坐到晴美身边。问起她闷闷不乐的理由,原来是在为春天要去上国民学校的事而感到担心。

"什么嘛。"铃笑了。"晴美这么懂事,老师不会批评你的。"她提高声音为晴美鼓劲。

"真的吗?学校不可怕吗?"

"嗯!"铃用力地点头保证。"就算刚开始没有朋友,可是,我刚来的时候也是一个人呀,很快大家就都对我很友好了。"

"……我妈妈也是吗?"

"呃……",铃被问住了。

姐姐这个人实在是不好对付……

正在铃搜肠刮肚地想要拼凑答案的时候，晴美突然站了起来。她转过身，抬头看着天空。铃也站起来，追随着晴美视线。可是，并没发生什么特殊的事。晴美也不明白自己究竟是发现了什么。

这时，远远地传来了喇叭声。两人将目光转向了山谷的方向。喇叭的声音像从吴市镇上的各个地方传来，各处都响起了"嘀嗒嘀嘀嗒嘀嗒嘀嘀嗒"的声音。

这是怎么了……

铃忐忑不安，心跳也加快了。

突然，铃正面对着的钵卷山上发出了火光。片刻之后，发射的巨响也传到了耳边，"咚！咚！"山顶的炮台开始攻击了。

铃立刻站起来，护在了晴美的身前。

咚！咚！咚！咚！

高射炮的炮击像是要迎接春天一样，向空中射出带有黑烟的烟花。铃回过头。

"嗡嗡嗡"，伴随着让人心惊胆战的引擎声，美军的战斗机出现了。

铃始终站着，目光追随着正朝这边飞来的战斗机。

从灰峰山的方向传来了巨大声响，铃又把脸转向了那一边。

她抬头看清楚天空，不禁瞪圆了眼睛。

只见数不清的战斗机覆盖了整个蓝天。映照在铃眼睛里的天空，像是被黑色的墓碑给盖得严严实实的。

只是一瞬间发生的事,在铃看来,却十分的漫长。

"对了,防空头巾!"铃回过神来,慌忙把头巾重新盖在头上。每天都认真演习的晴美早已经盖好了头巾。

咚!咚!咚!

爆炸声之后,白的、黑的、红的、蓝的、黄的,五颜六色的炮火在空中绽放。就像是朝天空甩上了颜料。

铃挥动着心里的画笔,在天空这块画布上描绘着抽象的画。

啊……如果现在手边就有颜料的话……

……等等,我究竟在想些什么呀!

铃想把这逃避现实的空想驱逐出自己的脑袋,正当她左右晃头的时候,从家的方向传来了一声呼喊。"喂!"她低头,看见刚下班的圆太郎正向这边跑来。

"在干什么呢!快趴下!"

圆太郎一边使劲挥手一边爬着台阶。

"快趴下!"

铃跳起来用身体遮住晴美,蹲到了台阶下边。正当她屏息的时候,圆太郎也上来了。

"您回来了。"

圆太郎步履蹒跚走过来,用身体遮挡住两个人,转头看向镇上的方向。在爆炸声的间隙中,能听见空袭警报的声音。

"真是的,空袭警报怎么现在才响。"他生气地自言自语,又转头看着两个人。

"别乱动,会挨着炮弹的碎片。"

铃拼命点头。手臂上传来了怀里晴美的抖动,铃加重了手臂的力量,紧紧抱着晴美。

弹片朝着北条家的房顶和梯田上落了下来。其中一片打中了圆太郎的头盔,发出"当"的一声响。

"哎呀!"

天空被烟尘覆盖成了灰色,战斗机群在空中飞舞。

"声音真不错啊……"

"嗯?"铃眯缝着眼睛看向圆太郎。圆太郎抬头看天,微笑着说。

"我们生产的两千马力战斗机,引擎的声音可真好听。"

铃也把视线转向了天空。

带有日之丸标志的战斗机,正在追逐翻滚撤退的美军战斗机。

"我们在工厂不眠不休,就是为了能提高它的成品率。从最开始的九一式五百马力战斗机出发,终于成长到了如今啊。"

圆太郎带着深深的感慨小声说完,又压低声音唱起了歌。

"一心做技术,一意为和平,全力以赴……"

用的是军舰进行曲的曲调。这是大家在喝酒时会唱的广工厂之歌。

"美军飞机是多少马力?"

晴美听见他们的对话,开口询问。铃答不上来,留心听着背后。

"那,美军飞机是多少马力呀——"

留意到圆太郎的歌声停了,铃回了头。

圆太郎猛地瘫倒在地上。

"爸……爸爸……?"

最终,在美军飞机袭来的四个小时之后,空袭警报才解除。

铃和晴美守在圆太郎的床边哭泣。阿灿在一旁抚摸着铃的头,一边说。

"你啊,又是刚下夜班,天气又这么好……怎么会在空袭中躺在地上睡着了呢?"

"好了好了。"从被子里坐起来的圆太郎不好意思地挠了挠头。

"吓死我了……",铃仍然止不住地啜泣。

在那之后过了十天,又过了两天,都分别再次拉响了空袭警报。每当警报响起,一家人都胆战心惊地逃进防空洞。第二天的深夜,空袭警报又响了。

铃按照既定的程序行动着。已经经历了好几次,却仍然不太熟练,在一片漆黑中更是如此。不知是谁和谁撞在一起发出惊叫,而拉开隔门的铃也和周作撞在了一起,"哎呀"地叫出了声。

漆黑的夜里,回荡着北条一家乱成一团的嘈杂声。

昭和 20 年 4 月 3 日

・1945 年・

广岛地区是神武天皇祭典的发源地,有着四月三日这天赏花的习俗。吴市的人尤其重视这一节日,每年的这一天,赏樱胜地二月河公园里都是人山人海。

就算到了国难当头的时节,这一习惯也没有改变。

"最近每天晚上都警报警报地响个不停,可大家还是都来了啊。"

径子看到樱花树下那些已经开始吃喝的人,这么说道。阿灿笑了,"咱们不是也彼此彼此嘛。"

圆太郎也点点头,说,"今天工厂也放假了。"他的声音有些低沉。"东京、大阪、名古屋都遭到了轰炸,不方便庆祝节日,只能在心意上表示表示了。"

铃跟在大家的身后,这是她第一次在吴市赏樱,因此正新奇而兴奋地四处环顾。樱花已经开了大半,四周的一切都染成了粉红色。

不经意间,铃的手肘被人从后边牵住了。她回头一探究竟,原来是扎着发髻的凛。只见她松松的衣领里裸露着洁白的后颈,低头笑着说,"好久不见了,铃。"

"凛……"

"老主顾带着大伙儿一起来的。"凛指了指远处的樱花树。

铃后退了一步,上下打量着凛。

这个人还是一如既往地妩媚动人啊。

"怎么了……?"

"那个……我也是跟全家人一起来的——啊!"

刚开了个头,铃就赶紧闭上了嘴。

不行。要是把周作喊到这儿来见到了凛……不知会发生什么事。

"铃是第一次来二月河公园吗?"

呜呜……怎么办,既不想看着他们俩在自己面前打情骂俏,也不想看见他们面对面地潸然泪下……这可怎么办才好……

铃被不断膨胀的妄想弄得混乱不堪,凛看着她的样子,不明所以,她探身到铃的面前。

"你在听我说话吗?!"

"啊,今……今天你也很好看。"铃慌张地敷衍。

"可是,你看看,"凛把和服下摆卷起来,"下边穿着长裤呢。"她向樱花绽放的树下走去。

"这样不仅能很快地参加救火和救护,还能爬树呢。"说着,她手脚麻利地沿着树干爬了上去。眨眼之间,就爬上了距离铃头顶很远的大树枝。"来啊,铃也上来。"她低头喊道。

可是,铃却依然沉浸在自己的妄想里。

"真是的……又走神了!!"

听见头上传来斥责声,铃猛地抬头。只见凛正坐在樱树粗粗的枝干上,面带愠色地看着自己。

"啊……对不起。"

"算了,没关系。"

铃也沿着树干向上爬。

"下雪的时候有人给我送了一只碗,是铃吧。"

"啊……那是周作他……"

不假思索地脱口而出,铃不知所措地咽下了后边的话。

"那是……北条……周作,是我丈夫以前买的碗。我总觉得很适合凛。"说完之后,铃小心翼翼地看了看凛。凛沉默地低着头。

"这……我说……那个……"

凛看着铃不知如何是好的样子,脸上带着捉弄的表情,又笑了。

"看,如果我装作什么都不知道的样子,你会不知所措吧。"

"啊……是。"

铃稍稍放下心来,问凛。

"说起来,那个红头发的小姐姐,感冒好了吗?"

"啊,你说小照啊……"

凛的脸上还残留着笑容，神色却黯淡了。她晃悠起双腿。

"得了肺炎。死了。"

"什么……？"

"你为了鼓励小照，给她画了南国的岛屿，对吧。"

凛脸上的笑容消失了。

"小照一直都在念叨，想要住到温暖的南国去。因为看了铃的画，一直笑着呢。"

凛从随身的布包里拿出了一个口红盒子，"来用用吧，这是小照的口红。"说着，她用右手的无名指沾了一点口红，伸向铃的嘴唇。

"我来给你化化妆。空袭之后，好看的尸体能早点被清理掉。"

凛一边说着，一边把铃的嘴唇涂红。

"谢谢。"

"客人里边有人是海军的，听他们说，这几天吵得我们睡不着觉，是因为 B29[i] 每天都在不停地运送水雷。吴市的港口和广岛的海，都快要超载了……"

凛的目光飘向了远方，看着大海的方向。铃也把头转向了同一个方向。

"还真不知道从我们头上飞过的是什么啊……这样做，是为了让日本的最后一艘大和舰无法回到吴市。不能和吴港的其他军舰汇合，只能孤军奋战。"

凛把铃嘴上的口红补足，合上了口红盒的盖子。

---

i　B29 是二战末期美国的主力轰炸机。

"话说回来,谁到了最后又不是自己孤零零的一个人呢。"

凛说完,看着铃。

"铃啊。人一死,内心深处的秘密,全都会消失得一干二净。这大概也算是件奢侈的事。就跟自己专用的碗一样。"

面对递过来的口红匣子,铃诚惶诚恐地伸手。凛动作夸张地将身体前倾,把盒子塞进了铃的手里。有风吹过,樱花的花瓣从两个人的头上飘落。

"好了,我该走了。不然他们要以为我逃跑了呢。"

凛身姿轻盈地跳到了地面上,抬头冲着铃微笑。

"再见。"

说完,凛头也不回地走远了。

可我不想孤零零的一个人啊……

铃松开右手,取下了口红的盖子。一片樱花的花瓣飘舞着,轻轻落在了口红上。

不经意间,铃将视线转向前方,看着凛远去的背影。当那身姿被樱花树的枝丫遮挡住一半的时候,迎面走来了一个身穿文职军装的男性,在凛的面前站住了。可是枝条遮挡着,看不见那人的脸。

两个人站着不知说了些什么,彼此客气地鞠躬道别,向相反的方向迈步。凛的身影消失了,男人的身影则渐渐地变大。

他在樱花树下站定,抬头看着铃。

"铃,原来你爬到那儿去了。"

铃回了周作一个笑脸,说。

"对不起。遇到了一个朋友。"

铃从树上下来,和周作并肩走着。周作看着高高兴兴赏花的人群,自言自语道。

"来赏花的人,大概都把这当成是最后的告别了吧。"

"……"

"看到此刻眼前的人能够开怀地笑,自己也就放心了。"

"……我也……",铃带着促狭的眼神看着周作。"看到周作的笑脸跟平时一样,我也就放心了。"

北条一家在音乐堂的旁边铺上草席赏樱。

"喂!"

周作向众人挥挥手。

"说是看见一个朋友就追过去了,中途又去爬树,结果下不来了,又怕挨骂,走投无路来着。"周作一边弯腰坐下一边解释。

"幸亏没让你拿便当。"径子生气地看着铃。

好像不太符合事实,不过无所谓了。

铃打开右手,看着小照的口红盒子。

内心的秘密……就这么保守下去吧。

昭和 20 年 5 月 5 日

・1945 年・

圆太郎工作的工厂建造于大正十年[i]。原本是为了研发和制造今后战争的主角——飞机，而在吴市旁边的广村修建起来的。因为《华盛顿条约》的影响，战舰的制造受到限制，战斗机的地位也因此更加重要了，工厂于是从吴市的工厂里独立了出来。之后，随着七七事变而开始的全面侵华战争和第二次世界大战的推进，工厂的规模也一步步扩大，飞机部门独立出来设置了第十一飞机制造厂。

在飞机制造厂的隔音运转场里，圆太郎正在测试开发中的引擎。正当他打开图纸确认着什么的时候，有年轻的工人跑到他身边说了些什么。可是引擎声太过嘈杂，他什么也听不清。圆太郎大声地回问对方，工人在他的耳边大声喊道。

"美军飞机来了！"

圆太郎走出试验场，看见工人和航空兵们正在厂内广播的

---

[i] 1921 年。

催促下拼死躲避。

"一零四三，美军大型飞机八架正在西进！美军大型飞机四架高度六千正在西进！"

远远地传过来B29的轰鸣声，圆太郎眺望着远处的天空。

这响声之于我等如同噩梦，可对他人来说，是不是梦想成真的声音呢……

"美军大型飞机十七架，到达螺山上空！螺山正在炮击！"

炮声中，圆太郎又继续看了一会儿天空。

空袭警报解除后，从防空洞里出来的铃吓了一跳。只见黑色的灰正如雪片般降落。铃慌慌张张地去收晾在外面的衣服，却发现已经被染黑了。她无奈地叹气，又像想起什么似的回头张望。不知怎的，她莫名地担心广工厂的情况。

"五日上午，美军大型飞机一百二十五架袭来。广工厂和十一空军工厂遭受部分损失，但人员伤亡极其轻微——"

广播里传出混合着杂音的播报声，径子把耳朵紧紧贴在收音机上。

"我回来了"，听到周作的声音，径子立刻向玄关迎去。铃已经站在外间等着周作。阿灿也从饭厅里转过脸，开口询问。

"没事吧。"

周作把手里的布包递给铃，问道。

"爸爸呢？"

"还没回来。"

"是嘛。"

他在玄关坐下,解开绑腿。"现在跟以前不一样,不能随随便便地进出工厂了。我们也只能等消息。"

灶台上,锅里正咕嘟咕嘟地煮着东西。周作坐着没有动。他对蹲在灶台前的铃说。

"铃啊,锅里溢出来了。"

"啊",铃慌忙从灶台里抽走柴禾。周作站起来走到铃的身后,把手放在了铃的头上。

"……?"

"铃的个子好小哦。"

铃诧异地回过头,站了起来。可是,周作并没有要把手拿开的意思。

"站起来也很小。"

"怎么了?"

"没什么。只是觉得铃很小,心里想着,就说出来了。"

"……"

铃换上睡衣正要钻进被窝,却停住了动作。只见走廊的门开着,周作正坐在那里。铃在无精打采的周作身旁坐下。

"爸爸一定不会有事的。"

"是军服。"

"什么?"

"布包里装的。"

是周作拿回来的布包。晚饭前铃问过他里边装的是什么,周作没有回答。铃瞥了一眼放在书桌上的布包。

"从十五号开始我就是负责法务的一等兵曹了。这次成了军人,所以要去海军兵团参加训练。三个月都不能回来了。"

铃愕然。

军人……怎么会……

"……训练之后呢?……训练之后会回来吗?"

铃无意识地抓住了睡衣的下摆。

"也许吧……"

周作伸出左手,重叠在铃的右手上。

"铃,你能行吗?你这么矮小又瘦弱,家里一个男人都没有,你能保护好这个家吗?"

铃猛地抽回右手,站起身来。

"不行,我肯定做不到。"

听到这坚决的语气,周作转身背对着铃。

铃说得没错啊……他心情低落。这时,铃从身后环住了他的脖子。

"对不起。刚才是骗你的。"

把脸埋在周作的背上,铃说。

"我喜欢你啊。要是连着三个月见不到你,我怕连你长什么样都忘记了。"

"铃……"

"所以我会在这个家等着你。要是不在这里,也许就找不到你了。"

铃把脸贴在周作的脸颊上,微笑着。

昭和 20 年 5 月 14 日

・1945 年・

晨光淡淡地照在周作沉睡中的脸上。借着那光，铃挥动手中的铅笔。笔记本上，清晰的线条组成了周作的睡颜。

"画下来就不会忘记了吗？"

闭着眼睛的周作开口说道。原来他没有睡着啊，铃吓了一跳。

"那……那只是打比方。"

周作睁开眼睛。"铃的话可说不准。"说着他翻了个身，向铃伸出了手。"有没有把我画得特别帅？"

"不行不行。"铃把笔记本抱在胸前。

这可是重要机密，铃在心里悄悄地说。她把本子收进了横木上挂着的背包里。

第二天一早，周作身穿立领的军服站在小雨中。目送她的铃也穿着外出时穿的便服，嘴唇涂上了小照的口红。

"我走了。"

"路上小心。"

径子也要出门上班,她说着"我送你走到半路吧",给周作撑上了伞。军人有规定,不能打伞。

背着书包的晴美追上了迈步下山的两人。

"军服很帅啊。"

目送着三个人的身影渐渐消失,铃也转身回到屋里。

"忽然觉得家里空荡荡的。"

走廊上,正往一升大小的瓶子里灌米的阿灿说道。

听见这话的铃想。

"不是我太小了,而是周作太高大了啊。"

昭和 20 年 6 月 21 日

・1945 年・

在广工厂被轰炸的一个半月之后,家里收到了信——圆太郎正在海军医院住院。径子接到信,立刻就跑去了医院。

看完病人回到家里,径子从布包里拿出空袭时圆太郎穿在身上的工服,向家人报告父亲的情况。

"腹部和头部受了伤,已经快出院了。"

"我还以为一定是在共济医院呢。"

听阿灿这么说,铃也频频点头。

"怪不得怎么也找不到人。"

"爸爸让我帮他去修手表。"径子从衣服下边拿出一个手绢包打开来。里面是块怀表,玻璃碎了。

"趁着这个机会,我想,要不明天就去一趟下关的黑村家。"

晴美一边玩翻花绳一边在旁边听着,听到这儿睁大了眼睛,"去哥哥家吗?"

"我要准备准备。"径子说着站起身来。

"晴美也能去吗?"晴美的目光追着径子的身影。"学校怎么办?"

"不用去了。反正去了也只是玩玩泥巴做做操。"

第二天早上,看到吴市车站前面的长龙,径子叹了口气。

"这可要花不少时间……"

她排到了队列的最后,对来送她们的铃说。

"我在这里排队买票,你带着晴美去看看爸爸吧。"

"好。"

铃从径子手里接过圆太郎住院的通知信,牵起晴美的手说,"我们走吧。"

"我们能进到海军的里面吗?"晴美高高兴兴地迈步。

"嗯。"

侧过头,铃看到径子郁郁寡欢的表情,又折返了回去。

"打起精神来!",她拍上了径子的背。"万一有什么事,你还有拿手的竹枪呢!"

"笨蛋!你以为我真的会怕公公婆婆吗?"

"我看你没什么精神,所以……"

"而且你要我拿竹枪干什么啊?!"

"哈哈……"

圆太郎所住的海军医院,病房十分宽敞。窗边和墙边分别排列着十张左右的病床。病房里正播着格伦·米勒乐团的乐曲，让人心情放松。原来是下士官带来了自己的唱机在播唱片。

"这是美国人的音乐吗？"晴美带着不可思议的表情聆听着音乐，拄着拐杖的年轻下士官"嘘——"地将手指立在嘴唇前。

圆太郎的病床在靠窗的中央位置。

"爸爸"，铃唤道。"是铃和晴美啊"，圆太郎开心地笑了。

"让你们担心了。我昏迷了好长一阵子。醒来都已经是六月了。"

"总之没事就好。"看到圆太郎精神的样子，铃也放心了。这时，晴美跑近了，说道，"晴美待会儿要坐火车去哥哥家。"

"是嘛"，圆太郎满怀爱意地抚摸着晴美的头。"那最好早点去。"

晴美离开圆太郎，跑到了拄着拐杖的年轻下士官那里。

"你坐的是哪艘船呀？"

"扫海特务艇第十六号。"

晴美没听说过这艘船，她"唔——"地答了一句，没什么兴趣，下士官于是指着窗外的海，向晴美说明起来。

刚刚坐着的圆太郎再次躺回床上，对铃说。

"住在这里能知道好多事情。广工厂也关闭了，还有传闻说海军也会被陆军收编。"

他摘下眼镜，镜片破了一块。圆太郎看着铃，声音低沉了下去。

"铃啊，'大和'号沉没了啊。"

铃为了能听清楚，靠近了病床。

"……'大和'号？"

"嗯。被逼到走投无路，暴露在美军的射程里。濑户内海已经不再属于我们了。"

铃把目光转向窗外。越过一排排的海军设施，能看到一小片海。

"这么说，海里的白兔也已经……"

"嗯？"

"没什么。"

"所以啊，我之前也说了。让晴美疏散到黑村的父母家里去。总比待在这里要安全。"

"所以姐姐才……"

所以径子才会露出那么落寞的表情啊……

铃恍恍惚惚地走卜医院外的石阶。晴美牵着她的手，砰地跳下最后一级台阶，回头问道。

"小铃舅妈，我们能去那边看看吗？我要告诉哥哥这里都停了哪些船。"她拉着铃的手，指着通往海边的大路尽头。

"嗯？能看得见吗？"

"就看一会儿，就看一会儿。"在晴美的央求下，铃决定先绕一绕远路再回车站。可就算是在离海很近的地方，也都围上了遮挡视线的板墙，什么也看不见。

"看不见啊。"

"唔——"晴美不甘心地哼哼,这时,"呜——",警戒警报拉响了。

"哎呀,快走。"铃牵起晴美的手,快步跑了起来。可是,没跑出去多远,警报声就变成了空袭警报。

"怎么办……也回不了家。哪里有公共的防空洞……"铃四处张望。这时,一个拄着拐杖、腰都直不起来的老婆婆回身向着她们招手。铃点了点头,跟在了老婆婆的身后。

附近的人聚集在石头围墙中间的公共防空洞前站着聊天,并没有多少紧张感。

"真的会来吗?"

"最近都是空响一下。"

正当铃一边照顾着老婆婆,一边准备进防空洞的时候,南边的天空传来了 B29 的轰鸣。

"美军大型飞机二十架,即将入侵吴市。"

从工厂的扩音器里传来了迫切的声音,人们脸上原本悠闲自在的表情也变了。

"啊——这次真的来了。"

大伙儿一个跟一个地进了防空洞。铃问队伍最末尾的年长妇人,

"抱歉,能让我们进来吗?"

"快进来吧。"妇人催促着铃和晴美。

挤得紧紧的防空洞一角,铃和晴美坐下了。晴美紧紧地抱住了铃,"小铃舅妈,我害怕。"

"别害怕。"铃拼命挤出一个笑脸,从地上捡起一个小石头,开始在地面上画画。看到铃的画,晴美开心地说话了。

"啊,是妈妈。"

"这个呢?"铃在径子的肖像旁画上晴美的脸。

"……晴美。"

"晴美和妈妈在一起呢。"

一直看着两个人的中年主妇向铃搭话。

"你们不是这附近的吧。"

"我们从长之木来,是来探望病人的。"

"这可真是不凑巧啊。"

话音刚落,坐在门口正向外张望的矮个子主妇说,"炸弹来了!",紧接着关上了门。门外射进来的光线也随之消失,防空洞一下子变昏暗了。

"盖住耳朵!张开嘴!不然眼睛会飞出来!"

所有人都低头摆好了姿势。

晴美被铃盖住了眼睛,她小声说。

"……好热……"

"嗯……忍一忍。"

正当铃低头用视线环顾四周时,巨大的冲击波袭来。防空洞激烈地晃动起来,铃拼命抱紧了晴美。

爆炸声,爆炸声,爆炸声,爆炸声——

不知那声音什么时候会在自己头上炸响,心灵因这恐惧而起的震颤更甚于身体。

像是度过了永远都不会结束的漫长时间，不知什么时候开始周围安静了下来。

铃恍恍惚惚地蹒跚着走出防空洞，晴美跟在她身后不住地咳嗽。铃伸手去拉晴美。她抬头，看见刚才防空洞里坐在自己身旁的中年妇女正愣愣地呆立着。原来，爆炸掀起的气浪把她家的房子整个都给毁了。

在飞舞的尘埃里，晴美咳个不停，眼睛也睁不开。铃向着主妇的背影开了口。

"请问……能给我们一些水吗？"

主妇没有回头，只是点了点头。铃让晴美站在防火用的蓄水池前，把手伸进水里，给晴美洗了洗眼睛。水里还漂浮着木片之类的东西，像是房子残骸。

"谢谢您。"

铃和晴美低头致谢，主妇也毫无反应。

两个人沿着大路向海的方向走去。

"火车已经开走了吗？"

听到晴美的问题，铃答道。"火车不会开走。会等着我们的。"

"嗯。"

透过海军用地周边的围墙，能看见一点点海。见围墙有塌掉的地方，晴美扔下铃，自顾自地跑过去站到了那里。

"啊，什么都看不见。"

铃跟着追过去，也凝神细看。只见海军的设施被滚滚的烟尘所覆盖。远处，消防车的警笛声传来，停在了道路尽头。

一个消防员向她们喊话，"没受伤吧？"

"没事——"铃挥挥手。

"没爆炸的哑弹很可能是定时炸弹，尽快逃走吧——"

就在这时，另一台消防车鸣着警笛从旁边开过，盖过了消防员的声音。铃没听清对方的话，姑且挥了挥手。

"好的。你们要加油啊。"

"小铃舅妈。"

铃放下手，回头牵住晴美。

"下次，把晴美的哥哥也画上去吧。"

晴美的身后，有炸弹留下的弹坑。一瞬间，铃的脑海里响起了邻保馆讲义的内容。

没爆炸的哑弹，弹坑里一般埋有定时炸弹。

"……！！"

她睁大了眼睛，想用牵着晴美的右手把她拽到自己身边。

"……危险……晴美……"

下一秒，铃的眼前变得一片空白，不久，黑暗到访了。

昭和 20 年 6 月 28 日

・1945 年・

"你看你,又错了,又错了。手艺这么差,怎么嫁得出去。"

铃想起了和祖母一起做和服的事,就是那件为了要做便服裤子而裁开的、竹叶图案的和服。

这么想来……总是被说嫁不出去,也没有真的嫁不出去……

"西瓜,蕨饼,薄荷糖。"

这次是凛的声音。

那条路上要是有沟的话,就可以跳进去了。

左手拎着布包,右手牵着晴美。要是反过来的话就好了……

至少,如果能把木屐脱掉跑起来的话……坡道那一边,坡道那一边是……

大海。

握住自己左手的晴美,正指着海里漂浮的军舰说话。

"那是'利根'。这边的是'日向'。妈妈,那儿还停着'大和'呢。"

铃渐渐浮出空想的水面,来到了现实。她睁开眼睛,忐忑不安地移动视线,映入眼帘的,是径子紧咬着嘴唇、强忍着眼泪的脸。

这个人,长得可真像周作。

"因为你……都是因为你……"

径子的旁边,放着铃给晴美做的布包。布包上沾着晴美的血……

一次都未曾被斥责过"嫁不出去"的人,却永远都没法嫁人了。

"对不起。"

眼睛合上了又张开,合上了又张开,合上了又张开……好几次合上再张开……

到底是哪里出错了呢,这个声音再也无法传递给她了。

"对不起,晴美。"

那个随着我的右手被撕裂、被仔细地拨干净泥巴、被拼凑在一起的人,这个声音永远都无法传递给她了。

铃呜咽着用破碎的右手盖住了脸。

"……杀人犯……杀人犯!把晴美还给我!"

听着径子歇斯底里的声音,铃无法忍受地背过脸。

"径子,不要这样。"躺在铃旁边的圆太郎坐起身。阿灿也走过来,摩挲着径子的背劝慰着她。

"好了好了,该去领配给的豆腐了。"

径子用手盖住脸,放声大哭。铃用背影聆听那哭声。

"对不起啊,铃。"
阿灿一边给铃梳着头发,一边道歉。"那孩子也是受了惊吓……说的都不是真心话。你能得救,我们已经觉得很幸运了。"
……真的吗?
铃追问自己,心里回响起凛的声音。
"这世界上的容身之处可多着呢。"
凛啊。那时,我的容身之处又是哪里呢……
路对面的木板墙上,有好几个缺口。
要是顺着爆炸的气流,从那里飞出去的话……
那个对面,在那个对面才是……
铃钻过板墙的缝隙,视线一下子变得开阔起来。晴美正坐在铺天盖地的白色三叶草花田里,高高兴兴地编织着花环。
这里会是我的容身之处吗?
中学方向传来的警报声,把铃带回到了现实。
"哎呀,又开始了吗?"阿灿把脸转向声音传来的方向。
"这种警报不会有空袭的。睡吧睡吧。"圆太郎躺下说。
铃躺回棉被里,小声地自言自语。
"这个家不会有事的吧。"
"不会的。"阿灿在铃的额头上放上了湿手巾。"别担心。"
"太好了……"
骗人。

铃闭上的眼睛微微睁开了。

浮现在眼前的背影,是那个因为房子被毁而呆立在原地的主妇。

那个人……到底有没有平安地离开那里呢。

昭和 20 年 7 月 1 日
・1945 年・

下雨了。走廊的玻璃门关着，靠近房间的一侧牵着绳子，绳子上晾着洗干净的绷带。

　　圆太郎已经能起来活动了，他出门说是要去看看工厂的情况。

　　"不要勉强啊。"

　　"实在不行的话，我就在工作的地方休息一下。"

　　"路上小心。"

　　铃看着拿掉天花板后完全变样的屋顶，听着圆太郎和径子的对话。

　　到了下午，雨停了。明亮的日光照着裹在被子里的铃。

　　"我把绷带拿出去晒晒。"

　　径子的脚步声从铃的耳旁经过。

　　走廊射进来的光线渐渐地变得无力，不久，夜幕将临了。

夜深人静的时候,广播的警报声响起,支离破碎的声音传入耳中。

"中国地区[i]防空警报。二十三点五十分,发现美军飞机广岛湾目标两处,周防滩目标两处,丰后水道目标两处,以及四国西南附近西北方向前进的编队目标两处。"

拉开隔门,戴着防空头巾的阿灿进来了。

"铃,起得来吗?"

"我没事。"铃从棉被里坐起来,用左手勉强系好了头巾。屋里,径子正在拆着走廊的玻璃门。

"二十三点五十八分,有数架美军飞机正在吴市及广岛周边盘旋。"

夜空中覆盖着低低的云层,正被两个方向的探照灯巡回照亮。可是,灯光照到的只是云层的底部而已。在云层上方飞行的美军飞机传出阵阵令人不安的轰鸣。

阿灿帮铃把她自己怎么也系不好的头巾重新绑好,她扶着柱子,艰难地站起来。院子里,径子正排列着装满水的防火水桶。

阿灿倚靠着径子下到院子里,抬头看着探照灯蠢动的夜空。"来了很多飞机吗?看不见啊。"

这时,天空中发出了橙色的光。

"噢!"径子忍不住出声。

橙色的光照亮了云层,无数的光吊在降落伞上落了下来。

"那是照明弹吧。"

---

[i] 指日本本州岛的西部地区,包括冈山,广岛,山口,岛根,鸟取五县。

仿佛是恶鬼的魂魄正从黑暗中缓缓降落。

铃站在走廊上,恍惚地看着那光景。

视线从空中转向地面,径子正扶着阿灿向防空洞里走。

"铃也快点过来。"

铃看着她们,这时,一枚燃烧弹砸破了北条家的房顶,掉在了房间里。铃缓缓地回头看着身后。

"铃!你干什么呢!快点!"

铃盯着落在房间里的燃烧弹。只见它一端点着了火,伴随着剧烈的响声开始燃烧。

"铃,你能行吗?能保护好这个家吗?"

周作的声音在心里回响。

泪水沿着铃的脸颊滑落。

"铃?铃?"

背后是阿灿的喊声,铃却出神地盯着燃烧弹的火焰。

为什么……到底为什么会变成这样。

我都干了些什么……

突如其来的怒气鼓动着铃。

"啊啊啊啊啊啊啊啊啊啊啊啊!"

她大喊着冲了出去,用左手拎起走廊一角的防火水桶,迅速转过身来。把水桶放在地板上,铃抱起自己睡过的棉被,将睡房里起火的燃烧弹整个盖住。

"啊啊啊啊——?"

火从棉被边缘喷出来。铃扑倒在棉被上,想用自己的体重去灭火。火苗烧到了衣服的下摆,她毫不在意地继续翻滚着。

火势减弱了一些。

铃起身跑出去,拎起水桶。

"铃!"

径子也从走廊外冲了过来。

"掉到我们家了?!"

铃根本顾不上回答。她用左手抡起水桶,把水倒在棉被上。

"水!快给我水!"

径子扭头跑出去提水。

铃再次扑倒在湿漉漉的棉被上。

"中国地区防空警报。零点二十分,刚刚沿丰后水道北进的美军飞机编队正沿广岛湾南部北进。此外,还有另一编队正沿丰后水道北进,足摺岬上空也有三架目标。播送完毕。这是JOFK广岛电台。吴市的市民请坚持住!"

"好了。"

径子和阿灿抬起包在棉被里的燃烧弹,把它搬到了院子里。铃也从走廊来到院子里。阿灿和径子小心翼翼地在院子一角放下棉被,铃走过她们身旁,来到院子里能眺望到镇上的角落。

铃站定,热风拂过她的身体。

"……"

染成红色的天空下,吴市的街道正在熊熊燃烧——

七月一日的深夜，吴市的大街小巷遭受了大约三个小时的燃烧弹攻击，大部分地区受到了毁灭性的打击。在烧成了一片荒原的大街上，满是眼神空洞的受灾者。北条家的院子里也聚集了因为房子被烧而无家可归，等着在仓库休息的人。那其中也有小林伯父伯母的身影。

"我们家被烧了个精光。"

"连防空洞都没进，真是捡了一条命。"

两个人满脸是灰，径子只得乖乖地听着他们说话。

铃在走廊上给受伤的中年男性端水。男人指了指晾着的绷带，问铃，"真抱歉啊，我能用吗？"

"请用吧。"

她拎着水桶站起来，穿上木屐正想去院子里。这时，坐在走廊下的踏脚石上、带着孩子的主妇转头看着铃。

"给你，趁热吃吧。"她把烤红薯递给铃。"这是藏在地板下边的红薯，烤得刚刚好。"

"那我就不客气了。"铃接过红薯，开口招呼院子里的径子，"姐姐也来……"，可是，径子却头也不回地又进了防空洞。防空洞里安放着晴美的骨灰。

径子充满悲伤的背影，把铃带回到已经没有了晴美的现实。她耳边仿佛又能听到苛责自己的窃窃私语。

铃带着巨大的压力走向井边，道路尽头坐着几个男人，谈话声飞入了她的耳中。

"朝日街往南就不行了。全被烧光了。"

"是嘛……"

铃下意识地停下脚步,转向男人们的方向。这时,她听见有人在呼唤自己,"铃!"

铃回头,看见周作快步朝自己走来的周作。

"你受伤了?"

肩膀被握住,铃呆呆地看着周作。

"训练呢……"

"中止了。"

"真是太好了,你还活着。"

周作……周作啊……

活着……见到了……

一下子放下心来,铃身体里的力气仿佛都被抽空了。

她倒在了周作的怀里。

逐渐远去的意识中,铃听到了自己的声音。"快去找凛。"

昭和 20 年 7 月

・1945 年・

周作说,"你还活着,真是太好了。"

妈妈端来了粥,说,"你退烧了,真是太好了。"

爸爸看着破了一个洞的天花板,说,"没有爆炸,真是太好了。"

伯母抚摸着烧焦的地板,说,"火扑灭了,真是太好了。"

医生说,"恢复得很快,真是太好了。"

太好了,太好了……究竟有什么好,我完全不明白。

坐在棉被里,铃看着变短的右臂,陷入了沉思。

六月里牵过晴美的右手。

五月里画过周作睡脸的右手。

四月里紧紧握着小照口红盒子的右手。

三月里给晴美抄写过久夫教科书的右手。

二月里拾起哥哥"脑子"的右手。

一月里得心应手地玩着纸牌的右手。

去年十二月和水原握过手的右手。

去年十一月裁坏了姐姐和服的右手。

去年十月颤抖着拉开书桌抽屉的右手。

去年九月砰砰地拍打过周作的右手。

去年八月给凛画了西瓜的右手。

去年七月描绘了"大和"号和"日向"号,遭遇了宪兵的右手。

去年六月吃了楠公饭,惊讶得没能握住筷子的右手。

去年五月给小松菜浇过水的右手。

去年四月揪过蒲公英绒毛的右手。

去年三月描绘过故乡的右手。

去年二月第一次触摸到周作的右手。

前年的年底欢喜地晒过海苔的右手。

七年前的二月画过许多白兔的右手。

十年前的八月给澄在沙地上画过母亲的右手。

铃抬起头,环顾四周。

一切都扭曲了……

"你妹妹来看你了。"

拉开隔门的阿灿身后,澄走进客房。

"这是出了大事啊,铃。"

铃的脸上浮现出微弱的笑容,说,

"阿澄,你怎么来了。"

"陆军的军官让我搭了救援卡车。"澄在铃的棉被旁坐下,解开布包。

"这是什么?"

"给你!"澄拿出来的是衣料。"虽然是旧的,但是纯棉的。"

"没掺人造纤维吗?"

"嗯。不容易破。"

"哇。"铃正提高声音惊叹,拉门嘎啦一声打开了。两个人下意识地停止了交谈。径子端着放有茶杯的托盘进来,在澄的面前放下茶杯。

"谢谢……"

不理会小声道谢的澄,径子沉默着回到了外间。

澄放低声音,继续对铃说,"还有,这是在江波山上摘的枇杷。"

担心着出来送自己的铃,澄回头问道,"你还好吗?"

"太久没起床,身子都不听使唤了,我送你到半路吧。"

澄点点头,继续往前走。

"我们要在消防局前面集合。"

"那就以河边的高台为标记……不对,那个应该已经被烧掉了吧?"

"还立着呢。来的时候,军官指给我看了。他虽然年轻却很和善。以前还送过我餐券。他还记得我有个嫁到吴市的姐姐呢。"

看着说话间脸颊微微泛红的澄,铃问道。

"你喜欢他吧?"

"哎呀,"澄站住,"铃你可真讨厌。"她砰砰地敲打着铃的肩膀,像要掩饰自己的难为情。

"好疼好疼……"

无意间看见道路的尽头,铃停下了脚步。那里立着写给市民的公告牌。上边写着救护设施很完善,粮食和日用品的配给也即将开始,市民不必担心。公告牌的背面,蔓延着一眼望不到边的荒凉废墟,立在那儿的公告牌显得完全没有说服力。

"真可怕啊……"

瓦砾堆中,破裂的自来水管道里喷涌激烈的水柱。两个市政府公务员模样的男人正在奋力地试图修理。喷出来的水汇成细细的水流,一直流到了自己的脚边。那水流旁边供奉着线香,细线似的烟柱向着空中延伸。

阿澄在线香前蹲下,闭目合掌。

"吴市受了这么多次空袭,太可怜了。"

澄站起来,看了一眼铃的右手。

"你……家事也没法做了,在这里待得很辛苦吧。"

欲言又止地张了张嘴,澄说。

"铃啊……回广岛来吧。"

"嗯?"

"广岛没有这么严重的空袭,而且哥哥也不在了,没人欺负我们。"

"……也是。"

一切都扭曲了。

"那我要看看澄的军官长得帅不帅,再做决定。"

"哎呀,你好坏啊!"

"开玩笑开玩笑。再见啦。"铃开朗地挥挥手。

"我这明明是为了你好。"

澄无奈地向前走,却又站住了。她回头对铃说。

"下个月的六号是江波的祭典。你早点回来啊。"

"谢谢你,阿澄。"铃再次挥手,目送着澄远去。

在那之后,就没能好好地跟周作说过话。

如果房子被烧掉,不得不回去的话就好了……

我即便看到有人死掉,也毫不在意地走过去。

阿澄却为死去的陌生人而双手合十。

哥哥死掉了真是太好了。

我明白。

真正扭曲的是我自己。

就像是用左手所描绘的世界一样。

昭和 20 年 7 月 28 日

・1945 年・

七月里几乎每天都要拉响警报。死亡的恐怖伴随着不祥的爆炸声步步逼近,在不知不觉中消磨着吴市每一个人的内心。当然,北条家也不例外。

听到警笛声,径子叹气。"唉,今天又来了。"她泼水熄灭了灶台的柴禾。腿脚不方便的阿灿扶着小林伯母的肩膀走到了外间。

"又要折腾一阵子了,带上随身的东西吧。"

走廊上,铃用左手系好了防空头巾(经过无数次的练习已经习惯了),她拎起包,正准备穿上木屐。这时,院子里忽然落下了一只白鹭。

"别来这里。"铃连木屐也顾不上穿,就踩上了台阶下的踏脚石。"现在不能来这里啊。"

也许是听见了铃的话,白鹭展开翅膀,翩然飞上了天空。

在飞起来的白鹭身后,铃一路小跑地追赶。头巾掉了也毫不在意,她一直跑下石头台阶,跑上了狭长的小路。

"那边!一直往那边逃!"

白鹭飞行的前方,是和故乡之间相隔的山脉。

"飞过那座山,就是广岛了!"

快回到江波的海去,快回到那片安全的土地上去吧。

白鹭的身影渐渐小了,不一会儿就消失在了空中。

铃放缓了脚步。不知何时,几架战斗机取代了白鹭的身影出现在空中。对空炮立刻绽开了黑烟。

铃停住脚步,呆呆地看着天空,美军飞机在她的头顶上盘旋,随后机头转向了铃。水井前道路的正中央,只有铃孤零零的一个人影。

哒哒哒哒哒,伴随这单调的声音,扫射的弹痕向铃靠近。铃吓得呆立在原地忘了逃跑,周作飞奔了过来。铃左手的包猛地飞了出去,被机关枪给打碎了,周作送给自己的笔记本,哲送给自己的羽毛笔,小照的口红,一下子全都灰飞烟灭。

周作把铃压在路旁的沟渠里,用自己的身体覆盖着她,密集的小石子儿落在了周作的背上。

美军飞机的影子飞过他们,轰鸣声也渐渐变小。确信什么都听不见了,周作慢慢爬起来。

"你不想活了吗……"

"对不起。白鹭……因为有白鹭飞过来了。"

"啊",周作看着美军飞机远去的方向。"应该是从海边逃过来的吧。这次是海战。吴湾里的军舰应该正在应战。"

"周作……我……想回广岛。"

这时,轰鸣声再次响起。周作又一次用身体覆盖住铃。

"不要动。"

两架战斗机从他们的头上通过。

"不准备回来了吗?"

周作一边爬起来,一边问。铃缄口不语。

"是因为手的事情吗?"

是的。

"因为害怕空袭?"

是的。

"……还是因为晴美的事?"

是的。全部都是。

见铃没有要回答的意思,周作怒不可遏。

"我听不见!"

"不是的!"铃瞪着周作。

"那是因为什么!"

两个人以为这样就能解决一切。

"铃,"周作端正地坐好,"我过得很幸福。在这一年半里,回到家有你在,和你在一起,无论是散步还是聊天都很幸福……你难道不这么想吗?你一直都把我们当成是陌生人吗?"

面对盯着自己的周作,铃转开了视线。

"……听不见。"

她得寸进尺,像在撒娇一样拼命摇头。

"听不见,听不见,什么都听不见。我要回家,我要回家!我要回广岛!"

铃像是闹脾气的小孩子。听见美军飞机声再度传来,周作又一次扑倒了铃。他在铃的耳边说。

"随便你。"

铃呆呆看着头顶上飞过的战斗机。

真是没用的飞机啊。连这样一个残破的人都杀不死。

真是没用的心。都到了这个时候,还是离不开这个人。

铃缓缓伸出左手,抱住了周作的腰。

昭和 20 年 8 月 6 日

・1945 年・

听见警戒警报解除了,北条家的人走出防空洞。

"这解除的时间可真巧。"正如阿灿所说,这正是周作要去上班的时间。

"我走啦",周作说完,牢牢盯着铃。可是,铃却背过脸,避开与他的视线接触的机会。周作盯着铃看了一会儿,最终放弃了似地走出了门。

吃完早饭,阿灿趴着,铃用右手的手肘在她的背上按摩。

"啊——就是那儿就是那儿。"阿灿舒服地呻吟。忽然她垂下了视线。

"如果铃不在了,会很寂寞吧……"

铃不知道该怎么回答,她继续帮阿灿按摩。

径子在走廊上做针线活。

帮阿灿按摩完,铃开始打扫。她已经习惯了单用左手使用扫帚。

打扫完起居室、小屋、客房和睡房,铃向走廊移动。到了正在做针线活的径子旁边,正踌躇的时候,径子沉默着抬起了右边身子。慌忙地打扫过那里,铃的手又停住了。径子接着又抬起了左边。铃打扫完,径子开口了。

"几点开门啊?"

"什么……?"

"医院。"

"啊……十点左右。"

径子放下手里的针线活,站起来。铃用右手手肘夹着扫帚,左手拿起放在地上的簸箕,又用脚趾夹住。她再一次用左手握住扫把,将集中到一起的垃圾扫进簸箕里。

"你穿这身不行。"

径子说完,态度冷淡地向铃伸出手。铃不知所措地伸手,径子牵着铃的左手,把她带到了小房间里。

径子给铃换上外出的衣服,拿着铃换下来的室内便服回到了走廊。

"对不起。那件衣服……",铃追过来,看着径子手里自己的衣服。

"对了,这个不用洗。"径子把衣服还给铃。

铃把衣服叠好,放进事先准备好的手提箱里。

"你家那边的节日祭典是今天呗。"径子问道,重新做起了针线活。

"是的……本来想周末就回去,可是预约医院的时间只约到了今天。"

径子少见地弯着腰,正努力做着什么,铃有些介意。她探出身子,想悄悄地看看……

"看什么看!"径子生气了。

"……对不起。"

"反正也赶不上了。"径子小声说。"医生很忙,还要给你写转院到广岛的介绍信。最要命的,是根本就买不到火车票。"

听了径子的话,铃心情低落。这时,有什么东西盖在了铃的头上。"你妹妹拿来的纯棉布料,我给你做了一条裤子。穿了橡皮筋,你自己也能穿了。皮筋是拼凑的,多包涵吧。"

铃从头上拿下裤子,仔细地看着。

"谢……谢谢。"

"对不起。"

径子说着,坐到了铃的面前。

"把晴美的死怪到你头上。"

"没事。"

终于说出了一直想说的话,径子安心了。她有些不好意思,又回到了走廊上,一边收拾刚刚做针线活的东西一边继续说。

"我喜欢的人很早就去世了。钟表店也在疏散的时候被拆了。和孩子们也见不着面。可就算这样,我也是一直走在自己选择的路上。可是你,唯命是从地嫁到了陌生人家里,唯命是从地干活,想必是很无聊的人生吧。"

铃把裤子放进手提箱，合上了箱子。默默地琢磨着径子刚才的话。

径子合上针线盒，绕到铃的身后，用梳子给她梳理头发。铃沉默着任由她梳着。

"所以，如果厌倦了这里的生活，你想什么时候回去都可以。可是我要说清楚，照顾你和做家务对我来说不算什么。反而能帮我调整心情。不然我总会想着那些失去的东西……"

径子给铃梳完头发，又开始给她编麻花辫。

"你既可以选择待在这里，也可以选择待在其他地方。不用顾虑那么多无关紧要的事，要自己做决定。"

径子嘴里说出来的话，令人意想不到的真挚，铃不知道该作何反应。

就在这时，院子外有什么闪了一下。那光先是飘忽不定地强弱交错，随后就消失了，与此同时，无论叽叽喳喳的鸟叫声还是蝉鸣声也都消失了，四周笼罩着怪异的寂静。

两个人疑惑地四下张望，院子里传来了伯母的声音。

"径子啊，刚才是不是有什么闪了一下？"

"是。"径子大声回答。"是要打雷吗？天气明明很好……"

铃的头发还被径子握在手里，她探出身体，打开了手提箱。从箱子里拿出刚刚穿在身上的室内便服，铃把它递给了径子。

"这个……能帮我洗一洗吗？"

径子诧异地接过了衣服。铃低着头，声音里带着鼻音。

"还有，能让我待在这里吗？"

她挪动膝盖靠近径子,抓住她的胳膊,把脸埋在了径子的袖子里。

"好了!我知道了,快走开!怪热的!"

就是这个时候。

伴随着突如其来的地震,整座房子都开始晃动。窗玻璃嘎达嘎达地响着,雨檐震动。屋顶上曾经被燃烧弹打中过的地方,四周的瓦片也滑动了位置。

铃和径子紧紧抱在一起,缩着身子一动也不敢动。

一片瓦从房顶掉到地面,摔碎了。

过了一会儿,晃动渐渐平息了。

"……刚才是怎么回事?"

径子打开起居室里的收音机,平时听的频道里只传出阵阵杂音。

"JOFK什么都收不到。"

"别的台呢?"小林伯母也凑近了。径子正转动着旋钮,外边传来了圆太郎的声音。

"喂!快来这边看看!"

所有人都飞奔到了外边。大家顺着圆太郎拐杖所指的方向看去,不禁大吃一惊。

只见一块带着点桃粉色的、巨大的积雨云,正在缓缓隆起。

"那块云,是什么呀……"

"而且到处都在闪光。"

"……云?"

铃的脑海里浮现出和晴美一起看过的砧状云。

眼前的这块云要大得多,并且让人有种不祥的感觉……

直到铃中午去领配给物资时,广岛上空的云仍然没有消失。云的形状本来是蘑菇形的,后来尖端渐渐地变平,成了砧状云的样子,可是那令人害怕的感觉却丝毫没有改变。

排队等着领配给的人们,纷纷带着不安的表情抬头望着那块云。

当天晚上,圆太郎在饭桌上表情严肃地开了口。

"一定是有新型炸弹落在了广岛。"

铃脸上的血色唰地一下退去了。

"铃家里会不会有事——"

"妈!"见到阿灿张口询问,径子急忙阻拦。

"镇守府[i]也派人去救援了。"周作说着,视线却避开了铃的脸。

"……"

第二天,邻组的女眷们都聚集到了邻保馆。

"我还从来都没做过草鞋呢。"知多太太边看边学,嘴里发着牢骚。

径子一边用生疏的手势编织着,一边也说,"我们这地方的人都一样。"

"这样可以吧?"听到刈谷太太的询问,铃点了点头,"没错。"

---

[i] 过去日本海军设置在据点的负责舰队后勤的机构。

铃用仅有的左手,灵巧地编织着草鞋。

"啊——单手可真难编啊,真不甘心。"

铃叹了口气,看着自己手里歪歪扭扭的草鞋。

"你这是在讽刺我吗?"径子瞥了她一眼。径子手里的草鞋比铃编的还要难看得多。

看见知多太太把编好的草鞋放进稻草袋子里,铃问道。

"这些草鞋有什么用呀?"

"是送去广岛的。"

"!"

"要是像上个月的空袭那样,道路都毁坏了,鞋子和木屐都走不过去。"

铃凑近了问道。

"我也能去吗?"

知多太太头也不抬,一边继续着手里的活一边斩钉截铁地说。

"受伤的人不能去。"

铃咬紧了嘴唇。

"我儿子也被广岛的部队征走了。"听到刈谷太太的话,知多太太忙说,"那你要不要坐明天那趟卡车?吴市受到空袭的时候广岛可帮了我们不少忙,这次一定要报答人家。"

正在听她说话的刈谷太太,露出惊讶的表情。当着她的面,铃急切地拿起剪刀,剪掉了自己的麻花辫。

"这样就能省下梳头的工夫了。我不会给大家添麻烦的。"

知多太太站起来,对着铃大喝一声。

"不行！！受伤的人碍手碍脚的！！"
"……"

第二天早上。铃嘴里叼着菜刀，在院子里的尤加利树旁架起梯子，爬了上去。"砰"的一下，她的脑袋撞上了什么，抬头一看，原来是一个破破烂烂的纸拉门挂在树枝上。

因为那颗炸弹，从广岛飞来了五花八门的东西。这也是其中之一吧。

你也是从广岛来的吗？

破纸门的一个个小棱格里，幻灯片似地映照出铃在广岛老家时的回忆，又渐渐消失不见了。

铃拿着砍下来的尤加利叶去了邻保馆，知多太太、堂本太太和刈谷太太也在。她们围着建筑物一角残留的污渍旁，压低声音说着话。

"就这么坐着死掉了。"
"听说是从广岛走到这里。"
"身份姓名全都不知道……脸和衣服都不成样子了。"
"可别告诉北条家的媳妇。"
"我都不敢看那孩子的脸。太可怜了。"

知多太太最先留意到铃。她"啊……"地一声，回头看着铃。见眼前三个人那为难的样子，铃笑了。

"我摘了些尤加利的叶子。请拿去驱蚊吧。"

知多太太走到铃的身旁，接过扎成一束的尤加利叶子。

"谢谢。你要振作啊。"

"嗯……还有这个。"铃把自己在广岛的家人和亲戚的名字告诉了知多太太。

过了一会儿,载着救援物资和警备消防团员的卡车开过来了。知多太太和刈谷太太坐上卡车,离开了。

铃回到院子里,站在尤加利树下,看着挂在树上的纸拉门。

我也想要变强。想要变得更温柔,更坚韧。

就像这个镇上的人一样。

铃爬上梯子,握住纸门木框。这时,嗡嗡嗡嗡,响起了熟悉的轰鸣声,三架B29轰炸机出现在了木框的对面。

吵死了。

这次,B29扔下来的不是炸弹,而是装着传单(催促投降的宣传单页)的胶囊形状的容器。铃打开它,一张传单翩然飘落。

怎么可能向暴力屈服呢。

铃坐在走廊上,把捡来的传单揉成纸团。一个,两个,三个,四个……院子里,周作正反复空抡着竹刀。当一层薄汗浮上皮肤时,周作小声对铃说,

"说起来,你打算一直留在这里吗?"

"是……请让我留在这里。"

铃的目光停留在传单上。

"真让人操心啊,你这个……",周作扬起竹刀,又挥落,"笨蛋。"

铃手脚并用,把揉成一团的纸展开。

"笨蛋,笨蛋,笨蛋,笨蛋!"周作接连挥舞着竹刀。

"对不起。"铃把展开的纸放到一边,拿起一个纸团扔向周作,周作忙用竹刀去打,却落了空。

怎么搞的。他看着铃,铃又扔了一个纸团。

"对不起。"

又没打中。

周作嘴里说着再来一次,握着竹刀摆好了姿势,铃把纸团高高举起,一边说着"真的对不起",一边扔出了纸团。果然,竹刀还是没能打中。

又挥了两次,周作失望地跪在了地上。

"一个都没打中。看来到海军兵团里又要被欺负了。"

他撑着竹刀站起来,捡起一个铃扔出来的纸团。展开来发现是传单,周作说,

"铃。捡到了美军的传单不上交的话,又要被宪兵大人训斥了。"

"上交了也是被烧掉而已。像这样揉一揉做成厕纸还比较节俭。"铃毫不在意地继续着手里的工作。

周作把纸团捡起来放到铃的面前,在她身边坐下了。

"这倒是,不过厕所就暂时不能借给外人用了。"

"利用一切能用的东西,继续生活下去,就是我们的战斗啊。"

"是嘛。"周作苦笑。

昭和 20 年 8 月 15 日

・1945 年・

今天正午有重要广播，请大家在收音机前等待——紧急回览板传送到了各家各户，上面写着这样的内容。听说是天皇陛下的玉音播送，北条家在起居室的正中央铺上坐垫，把收音机放在上边等待着。家里没有收音机的堂本太太和刈谷太太也来了。

大家跪坐着侧耳倾听，终于，杂音当中传来了一个人尖利而独特的声音，他开始说话了。

"……朕堪所难堪、忍所难忍，欲以为万世开太平……"

"……音调有点奇怪。"

"可这完全就是人类的声音嘛……"阿灿和径子面面相觑。堂本太太和刈谷太太也带着惊讶的表情，互相试探着开口。

"那，这也就是说……"

"输了……？"

"谨此，天皇陛下的玉音播送完毕。"

信息局[i]负责人的话音刚落,播音员开始了解说。

"啊——结束了结束了。"径子站起来,关上了收音机。

"为什么?!"

直到刚刚为止都默不作声的铃,此刻大声问道。

"广岛和长崎都被投下了新型炸弹。"

"苏联也参战了,已经无力回天了。"

堂本太太和刈谷太太的话,铃完全无法接受。

"不是都做好思想准备了吗?不是说要一直战斗到只剩最后一个人为止吗?现在这里就有五个人啊。我还有左手,还有双腿啊……"

铃的身体不甘地颤抖,她冲出了家门。

拎着水桶来到井边,铃在愤怒的驱使下压着水泵。猛然喷出的水敲打着桶底。水桶的重量落在铃的左肩上,她走在家门口的路上。这时,铃听见了呜咽声。循声望去,只见径子蹲在后门,背影颤抖着缩成一团。

"呜呜……晴美……晴美……"

自然,铃没有上前搭话。无法停留在原地,铃沉默地走过径子身旁,向梯田走去。

梯田也遭受了汽油燃烧弹的袭击,蔬菜全都枯萎了。铃停下,抬头看着天。有风吹过,不知从哪儿飞来的传单被风带上了天空。

我们至今为止的人生……也飞远了。

---
i 1940 年成立的战争期间的思想宣传机构。

我一直觉得合理的那些东西。

我一直为之忍耐的那些理由，全都烟消云散了。

梯田下的路上，有人正唱着《萤之光》的旋律。可是，那不是铃所熟悉的《萤之光》。传入耳中的，是朝鲜语。

听着那歌声，铃颓然地跪在了梯田上。

……从海那边运来的大米……黄豆。

我就是靠着那些东西在生活啊……

铃的左手抹过，又用那只手支撑着地面。

我们用暴力征服了他人……所以，又不得不屈服于暴力吗……

手背周围的地面上，啪嗒啪嗒地落下了眼泪。

啊……多希望自己还是那个什么都不思考，只会发呆的女孩，就那样死掉的话该有多好……

"呜……呜……唔……唔……"

铃崩溃地趴在地上呜咽。

绞干了身体里的泪水，放空了所有的感情之后，铃终于抬起头。她抽着鼻子，不经意地看向身旁。

被烧成一片焦土的田地里，孤零零地开放着一朵黄色的南瓜花。

阿灿从抽屉柜的最下边一层拿出一个布袋子，在托盘上打开。里面是雪白的精米。

"本想着等到实在不行了，最后让大家吃一顿好的，就存下来了。今天把它煮了吧，什么都别掺。"阿灿笑着对刚刚从外边回来的铃说。

"全都用了可不行。还有明天和后天呢。"

铃接过白米,放进饭锅开始淘米。可是,失去了右手的右臂无法支撑,锅摇摇晃晃的,眼看着白米就要从倾斜的饭锅里溢出来了。铃正着急,径子从她的身后伸出手,扶稳了饭锅。

径子什么也没有说,从铃手里接过饭锅开始淘米。

架在灶上的饭锅里升起了好闻的蒸汽。径子一边查看着火势,一边用团扇往灶眼里扇风。在她身后,铃已经取下了尤加利树上挂着的纸门,用菜刀剁下木头梁递给径子。径子接过来,用手折断,放进灶眼。

是的。我们的生活还要继续。

八月十五日也好,十六日也好,十七日也好,九月、十月、十一月,还有明年、后年、十年后,一直都要继续……

第十一航空工厂的院子里,正在进行文件的烧毁工作。不得不把倾注了自己全部精力的技术埋葬在黑暗当中,简直是切肤之痛,可是不能把这些机密信息交给美军。

圆太郎带着深深的感慨,看着带有自己修改笔迹的战斗机引擎设计图,过了一会儿,他将它们折起来放进了眼前的火堆。

精疲力尽地回到家,等待着圆太郎的,是碗里冒尖的白米饭。他不禁"哇"地叫出了声。

"白得闪闪发光呢。"

"菜可什么都没有。"铃的脸上带着歉意。

"不要紧。"圆太郎笑了,他问铃,"周作呢?"

"还没回来。"铃摇摇头。

"就算是到了这种时候,维护秩序仍然是法务的工作啊……"圆太郎自言自语,他对全家人说,"我们先吃吧。"

见圆太郎拿起筷子,其他人也举起筷子。

"自从没有炸弹,河里也没有鱼会浮上来了。"

"你说那个时候啊。"阿灿露出了怀念的微笑。

铃想起了那天晴美的笑脸。

三月十九日的空袭炸死了很多鱼,那些都用来做了配给。从来都没见过那么多的鱼,晴美和铃一起画起了画儿。晴美高高兴兴的,一边看着自己画的鱼,一边开心地哈哈大笑。

再也不能像那样画画了……

这时,仿佛有什么触到了铃的头。

是我的右手……

那只手抚摸着铃的头,像是在说"你已经尽力了",随后又倏忽消失了踪影。

"这是干什么呢。好不容易能看见白米饭。"

圆太郎站起来,拿掉了因为灯光管制而罩在电灯上的罩子。

灯光洒满了起居室,明亮地照在家人的脸上。

吴港里停泊着驱逐舰,甲板上的水兵正眺望着灰峰山。只见半山腰上孤零零地亮起了一盏灯。过一会儿又亮了一盏,再亮了一盏……

看着渐渐增加的灯火,水兵不由自主地笑了。

昭和 20 年 9 月 17 日
・1945 年・

战争结束后的第三次台风,在这天下午两点左右,从鹿儿岛的枕崎登陆。台风一路北上,给各地造成了巨大的危害。吴市进入暴风圈是在傍晚时分。伴随地震似的响声,暴雨倾盆而下。墙壁发出噼里啪啦的悲鸣,天花板也啪嗒啪嗒地落下了水滴。

铃让阿灿帮忙穿上蓑衣,她抬头看着漏雨的天花板。躺在客房里的伯父抬起身子,充满歉意地说。

"抱歉,我要是能去就好了,可是从广岛回来以后就一直提不起力气。"

"没事,您好好休息吧。"

突然,灯灭了,家里被一片昏暗所笼罩。停电了。大家脸上的神色也更加不安了。

外边正是狂风暴雨,雨滴迎面敲打在脸上,让人睁不开眼睛。铃弓着腰勉强往前走。她取来梯子,立在房檐上。可是,正爬到一半的时候,一阵强风吹了过来。

梯子要倒了!

这时,刚刚下班回来的周作正好赶来。他一把接住了倒下来的铃和梯子。

"好危险啊。"

"你回来了。"

"你这是干什么呢?"

"台风把燃烧弹砸过的地方给掀开了。"

"是吗?我去看看。"周作代替铃爬上了梯子。铃扶着梯子,对周作说。

"还是你靠得住啊!"

过了差不多十分钟,漏雨变得更厉害了,只能用盆子来接着。借着油灯的光线,铃用抹布擦拭已经湿透的地板。

周作一边换上浴衣,一边不好意思地说,"抱歉啊……我又弄出一个洞来。"

"不要紧。"

这时,玄关传来响动。铃拿着油灯走出去,只见径子瘫坐在地上,全身都湿透了,衣服被淋得一团糟。

"姐姐!"

径子擦拭过脏兮兮的脸和身体,换好衣服,总算缓过一口气。

"真是太倒霉了。路上遇上了悬崖塌陷,好不容易爬上来,又摔了一跤。"她一边小口喝着热茶,一边翻来覆去地抱怨。

"对不起啊……",铃诚惶诚恐。

"邮局说信件也送不上来,我就下去拿了……我连邮差的活都替你做了。"

"辛……辛苦您了!"

铃接过明信片,只见上面沾满了泥水,勉强能看见收件人姓名。可是翻到背面,铃却苦恼地抱住了自己的头——明信片上实在是太脏了,根本看不清上边写了些什么。

"……看不清啊。"

"只剩圆太郎还没到家了",正当伯母说到这儿,像是计算好时间一样,圆太郎说着"我回来了",走进了家门。他顶着大风匆匆关好门,面对出来迎接的家人,把手里的铁锹咣当一下插在地上,挺起胸膛说道。

"我被供职了四十二年的海军工厂解雇了!这铁锹就是分给我的退休金。"

听到着意外的消息,一家人目瞪口呆,这时,房子响起了吓人的咯吱声。

"哎呀。"

"房子在嘎吱嘎吱响呢。"

声音越来越大,最后,伴随着巨大的倒塌声,圆太郎身后的玻璃门被砂石给打碎了。

"!!"

"储藏室塌了吗……"

圆太郎小声说。其他人都呆呆地说不出话来。

起居室的正中间摆着油灯,一家人悄然围坐在四周。雨滴敲打在洗脸池上的声音听来像是和尚在敲打木鱼。

"真是不经用啊。"

"还想去避难呢,防空洞也被埋了。"

"无所谓了。路都毁了。"

听着伯父伯母的对话,铃的目光再次落到了手里的明信片上。沾满污渍的明信片上,寄件人的最后一个字浮现在了油灯的光线里。

"澄……"

澄……澄还活着……

到了深夜,风雨总算转小了。房子没有被毁,好歹撑到了台风过境。

周作提着油灯走在最前面,全家人跟着来到了院子里。尤加利树被风吹倒,整个儿压在了屋顶上,可是仓库并没有完全被毁。看着自家的房子被大自然的猛力蹂躏得破破烂烂,大家忍不住笑了起来。

"哈哈哈哈哈哈。"

"真是不经用啊。"

"真没想到这个时候会来台风。"

"一个月前就结束了啊。"

"这风也太猛了。"

"真是个大麻烦。"

"哈哈哈哈哈。"

原本能庇护这神之国度的大风,竟然来晚了,大家越想越觉得可笑,发自内心地大笑了起来。

昭和 20 年 10 月 6 日

・1945 年・

明天，占领军就要登陆吴市了，为了防止动乱，周作被编入了临近山口县的大竹海军兵团。

"在海军完全解散之前，无论发生什么事都要维持秩序，这是法务的工作。"

面对前来送行的铃，周作像是事先深思熟虑过似地说出了这番话。说完，他转身下坡。铃看着他身背庞大布包的背影，心想。

这样的时刻，如果我有两只手的话，就能轻轻地重叠上这个人的手，来缓解他的不安了……

"怎么不说话了。"

"好安静哦。"

"大家都做好了准备。铃回去以后也要好好待在家里。"

因为害怕受到占领军的伤害，还有人选择了出门避难。大多数居民关好了自家的门窗,静静地屏息等待。

"谢谢。送到这儿就行了。"

周作从铃的手里接过公文包,转身面对着她。

"你认识路吧,从这里向左转。"

"嗯?"

"自己去看看吧。"

说完,周作转身走了。

这里向左转,是朝日町……是凛生活的地方。

"在想什么呢?快去呀。"

周作回头冲着铃喊。

"趁现在!!"

"好……好的!!"

铃应着,快步跑了起来。

朝日町欢乐街的人门只剩下了门柱。那龙宫城似的街道也失去了踪影,变成了一堆瓦砾。

铃急切地一路跑来,见到眼前的光景,她放缓了脚步,呆立在门柱下边,又战战兢兢地向着二叶馆所在的地方走去。

"……"

在烧毁的建筑物残骸里,掉落着龙胆花图案的瓷碗碎片。铃在心里对龙胆花说,凛被带到这里之前,是不是曾经逃走,躲藏在陌生人家的屋檐下?我遇到过一个那样的孩子。

她用幻想出来的右手食指沾上一点小照的口红,开始画画。

那是十年前，在草津的祖母家所发生的事。画上，座敷童子般的女孩坐在走廊上，香甜地吃着西瓜——

"人一死，内心深处的秘密什么的，全都会消失得一干二净。"凛曾经这样说过。

对不起。凛，你已经是我心里的秘密了。

伫立在二叶馆的残骸上，铃仿佛感觉到凛正在靠近自己。

……可是啊，这也算是一件很奢侈的事呢。

昭和 20 年 11 月
・1945 年・

因为台风的影响，道路被毁，农作物歉收，吴市陷入了深深的粮食危机。看见告示板上写着米的配给要延期，铃不禁叹气——又来了。

盐和酱油早就没有了。光是一味地等待，什么也等不来。不管能找到什么，总归要筹措些吃的回来，铃于是走出了家门。

路上碰见知多太太，两人打了招呼。明明没下雨，知多太太却打着伞。

"北条家的媳妇，出门去呀。"

"是……不管怎么样，先出门去看看。"

"可不是嘛。光等着配给，肚子都要饿瘪了。"

"您的……伞……"

"嗯……总觉得太阳很刺眼。"

知多太太从广岛回来之后脸色一直很差。听到知多太太和还没到和周作约定的时间,铃提早到了产业奖励馆前。产业奖励馆也被毁掉了一半,极具特点的帽子形圆顶只剩下了骨架。周围什么建筑物都没有。

产业奖励馆静静地伫立在橙色的夕阳里,可是看起来却并不显得冷清。

"啊!幸子!"

突然,有一只手从背后搭上了铃的肩膀,铃惊讶地回头。一个不认识的女性正带着热切的神情看着自己。

"我不是……"

铃告诉她认错人了,女性失望地垂下了肩膀,转身走了。

过了一会儿,这次是一个中年男性,"是清子吧!"他问道。

是嘛……铃终于注意到了。在这条街上,大家都失去了什么人,都在寻找着什么人。

这么说来,我也是啊,每次看到和自己年纪相仿的女子,都怀抱着期待,希望对方也许是凛。

这条街是等人的街……

铃为了不显眼,蹲在了地上。

"铃。"

这次真的是在呼唤自己。铃抬起头,看见周作站在那里。铃端详着那张脸。

我和我所期盼的人平安相遇了——

"……你平安回来了。"

"海军到十一月底就全部解散了。我的工作也就结束了。"

伯父说了同样的话,铃有些介意。

"……听说你妹妹还活着。"

"是……托您的福。"

"真是太好了。"

道别的时候,铃低头说道,"您多保重。"

"你才是,好好休养。要是骨髓感染了可又要被截肢了啊。"

"是。"

铃向镇上走去。这时,有人发出"嘿"的一声,跟她打招呼。铃扭头,看见路旁站着一个蓝眼睛的士兵。

镇上的黑市里人山人海。铃发现一条长长的队列,于是排到了最末尾。并排陈列的摊位上立着英文招牌,和从前黑市上的气氛完全不同。最明显的,是多了很多小孩子。

"啊,姐姐。"

铃在混杂的人群里看到径子,出声打招呼。径子也像是来买东西的。

"铃,这是在排什么呀?"径子靠近来问道。

"不知道。"铃伸长脖子看了看前边。"什么都行。反正哪里都要排长队。"

"那倒是。跟以前不一样了,这镇上也是……"径子环顾四周。

前方停着美军的吉普车。身旁有一群孩子跑了过去。

"给唔米,给唔米,啾嘤港木![i]"

正在分发糖果的美军士兵被小孩子团团围住。

"久夫现在应该也在做这些事吧。晴美要是还在的话……"

队列向前移动,轮到铃了。分到她手里的,是美军食堂的剩饭做成的杂粥。碗里有马铃薯、胡萝卜、面条、肉的残渣,不知怎的,还混进了香烟的包装纸。

铃端着碗,返回到径子身边,说,"是占领军的剩饭做的杂粥。"

"怎么还有纸屑……"

两人在黑市的一角蹲下,吃起了杂粥。铃先喝了一口汤。

"唔!"

她把碗递给径子,径子也迫不及待地喝了一口汤。

"唔!"

两个人彼此看看,忍不住喊出了声。

"太……太好吃了——"

铃的左手还握不好筷子,径子喂她吃饭。好久没有吃到味道这么浓郁的食物了,两个人吃得心满意足。

吃完,径子小声嘟囔。

"可是,只有我们吃到了,等在家里的人怎么办……"

铃从背包里拿出巧克力给径子看。

"刚才给美军先生指了路,大概是因为这发型,他以为我是小孩子呢。"

---

i "给我 给我 口香糖"的英文发音。

径子呆呆地看了看铃,随即"哈哈哈"地大笑起来。

在配给处和黑市都不能如愿筹措到粮食。无计可施之下,大家决定由铃和刈谷太太作为邻组的代表,去仓桥岛的农家买粮食。用现金也买不到粮食,只能用物品来交换。

把交换用的物品安置在两轮拖车上,两个人一大早就出发了。刈谷太太在前边拖着车,铃在后边推。长长的一段路程,两个人慢慢地往前走。

原先用来遮挡视线的围墙全都被毁了,靠近海的那一侧,视野变得很开阔。

她们来到了铃失去右手、晴美失去幼小生命的地方。

铃停下脚步,从口袋里掏出巧克力的碎片,放在包装纸上,供奉在了地上。她蹲下,静静地做出合掌的动作。

在铃的身后,刈谷太太也双手合十。

两人坐渡船上岛,找到了事先打好招呼的农家。

铃带来了自己嫁妆里的礼服和径子从前时髦的洋装,要是拿去卖掉的话颇能卖出点价钱。

农家的妇人在走廊上品评着铃所带来的东西,这时,刈谷太太"扑通"一声放下了一大堆男人的衣服,量多到让铃睁大了眼睛。

两人换到了芋头、马铃薯、橘子还有鱼干,最后,两人在各家各户的水桶和瓶子里装上海水,她们踏上了回家的路。

铃走在沿海而筑的路上,一边推着小推车,一边向刈谷太太的背影发问。

"把那么多衣服都换掉了,不要紧吗?"

"不要紧。你没听说吗?"刈谷太太反问。不知道她指的是什么,铃暧昧地点了点头。

"八月的时候,不是有个士兵死在了邻保馆旁边吗?那个人好像是我儿子。我看了那孩子的朋友写来的信才知道。"

"……"

"我啊,连那是自己的儿子都没发现……"

面对内疚的刈谷太太,铃无言地低下了头。

"你也是啊,眼看着晴美在自己面前……"

"……是啊……真是不甘心啊……"

这时,铃的耳边响起了一个声音。

"铃……"

是哲的声音。

"想起我的时候,要笑着想我。"

为什么哲的声音会突然出现……

疑问立刻解开了。

视线的那一端,在笔直延伸的道路尽头伫立着一个退伍士兵。随着铃的前进,那个身影越来越大,越来越清晰。

"你要在这个世界上普普通通地认真活到最后。"

是哲……

哲一动不动地看着海的方向。

铃的视线里,原本遮挡住大海的房子不见了。

海里漂浮着巨大的军舰。

"都停了些什么船呢？"

这次是晴美的声音。

面对出现在心里的晴美，铃说话了。

晴美……停了哪些船，现在都能看见了啊，晴美。

停在那儿的是……"青叶"号。

刈谷太太从哲的身后走过，铃也跟着走过去了。哲没有转身，他正盯着"青叶"号，唇边浮现出微弱的笑意。

铃没有说话，默默地走过了他。

哲。

在你笑容的尽头，有白兔跳跃的大海，和白鹭飞翔的天空。

有小小的我，和小小的晴美。

我在这个世界上所遇见的一切，都在我微笑时的眼角里，在我流泪时的鼻梁深处，在我皱起的眉间，在我仰起的脖颈上——

铃带着开朗的表情，对刈谷说。

"晴美是个爱笑的孩子，今后我想起晴美的时候，都要笑着想起她。从今往后，我要代替她笑着活下去。"

"说得对。总是哭哭啼啼的，太浪费了。"

铃和刈谷太太异口同声地补充道，"浪费盐分！"

小推车上，海水在水桶里晃动。

昭和 21 年 1 月
・1946 年・

过了新年，铃终于能去拜访草津的祖母家了。周作所在的海军兵团结束了任务，也算是去迎他回家，铃在圆太郎和阿灿的支持下定下了回广岛的日子。

看见家门口堆叠着好几层的海苔架，铃怀念地绽开了笑脸。架子前，祖母和婶婶还有千鹤子正在干着晾海苔的活儿。

"奶奶！婶婶！千鹤子！"

"哎呀"，麻里奈回头。

"总算是来了。"祖母笑得满脸褶子。千鹤子赶忙跑到铃的身边。

"大家都平安无事啊。"

铃好不容易才弄清楚阿澄的明信片是从草津寄出来的，可是除此以外的内容就再也看不清了，所以她不知道家人是否都平安无事。

"阿澄在家呢。你快进去吧。"

听了祖母的话,铃点点头,走进家门。

"阿澄。"

她拉开拉门,躺在棉被里的阿澄坐起了半个身体。

"是铃吗?"

看到阿澄苍白的脸色,铃感到一阵不安,急忙笑着掩饰。

"你剪头发了吗?"

看到澄挣扎着要坐起来,铃阻拦道,"不用不用,你不要起来。"她询问澄的身体状况。

"总觉得头晕。"澄说着,抬起右手放到了额头上。

"是嘛……"

"真是不好意思啊,姐姐……这么冷的天,海苔的活儿我也帮不上忙。"

澄像演戏似地说着台词,随即带着恶作剧般的表情笑了。

铃感到有些放心,也轻轻地笑了。

"不老老实实休息可不行。"说着,她在澄的身边躺下了。

"嘿嘿。"

"嘻嘻嘻。"

"要是我的手还在的话,就能给你画哥哥的南洋历险记了。"铃举起变短了的右手。

"那是什么故事?是说什么的?"

"唔——"铃开始思考,她迅速勾勒出故事的轮廓。"魔鬼哥哥的运输船触礁失事了,他在南边的岛上用椰子树叶盖起了房子。"

"嗯嗯。"

"他满脸胡楂,还娶了鳄鱼当作新娘……"

"鳄鱼是新娘子啊",澄笑了。

合上眼睛,铃用幻想出来的右手开始画画。

"哥哥……再也不能回江波了……妈妈可能也……"

"什么?"铃睁开眼睛,看着澄。

"那天早上,妈妈为了给节日做准备,上街买东西去了。爸爸和我到处都找遍了也没找到她。爸爸在十月病倒了,很快就去世了,放到学校和其他人一起火化了。我没有机会告诉你这些,对不起。"

澄没有留在江波养病,而是来到了草津,铃从中大致能推测出些什么。可能爸爸和妈妈都不在了。所以澄才没有选择留在江波,而是来到了这里。

"对不起……没能早点来看你。"

"还好没有早点来。铃。"

说着,澄从被子里抽出左手,拉起袖子。只见有两个黑色的痕迹,正从她手腕的位置扩散开来。

"你看,我变成这样了……我还有救吗?"

铃温柔地握住澄的手。

"能治好……治不好才奇怪呢。"

说完,铃紧紧地握住了那只手。

他们穿过等人的人群向中洲方向走去。周作在T字型的相生桥连接中洲的地方停了下来。他看着桥下两条河流相汇的水面，铃靠近了他。

"铃，我和你第一次相遇就是在这座桥上。"

奶糖的香甜气味，忽然掠过了铃的记忆。

"再也回不到那个时候了。这条街和我都改变了不少，可我却永远都认得铃。"

周作看着铃，触摸着她的脸颊。

"你这里有一颗黑痣，所以我总能认出你。"

铃害羞地脸红了。

"周作，谢谢你。在这个世界的角落里找到了我。今后……请不要离开我……请一直在我身边。"

铃说完，正想抓住周作外套的衣角，一个巨大的人影从两个人的身后闪过。只见他披着黑黑的斗篷，背上还背着竹篮。

这是那时的人贩了……？

两个人睁大了眼睛，看着他走远，这时，人贩子举起野兽般多毛的右手，背对着他们挥了挥手。

昭和 21 年 1 月

・1946 年・

原子弹带走了家和妈妈的右手。

整整一天,妈妈带着我在漆黑的烟雾里走着。到了日落时分,妈妈扑通一下坐在了别人家被压瘪的屋顶上。

我也在妈妈的身边坐下,任性地靠着妈妈的肩膀。

当烟尘散去,夜空里露出无数星星的时候,妈妈不动了。

第二天中午,妈妈只剩一半的右臂上飞来了苍蝇。无论怎么赶,苍蝇都大群大群地飞来,赶也赶不完。

又过了一天,妈妈的耳朵里涌出了蛆虫。苍蝇也比昨天要多得多。妈妈的气味越来越难闻,我不能再待在妈妈身边了。

就这样,我变成了孤零零的一个人。

面前咕噜咕噜地滚来了饭团,洋子飞奔过去。她捡起饭团,开心地站起来。这是今天第一次吃东西。

当洋子抬起头时,她惊呆了。

映入眼帘的,是短短的右手。

妈妈……!

在车站的候车长椅上,一个年轻的女人和身穿军装的男人坐在一起,膝盖上摊着包便当的布,正吃着便当。那只右手和妈妈一模一样。

洋子把捡来的饭团递给了女人。

铃留意到对面向自己递来饭团的少女,她笑了。女孩身上缠着已经不算是衣服的破布,脸和手都黑漆漆的。

"谢谢。不用了,你吃吧。"

洋子紧贴着铃,在椅子的一头坐下,开始吃饭团。铃没有在意,继续着和周作的对话。

"但是,太远会很不方便。"

周作新的工作地点是广岛。

"干脆搬出来,在这边安家吧?也为了妈妈和澄。"

"不。我两边往返就行了。虽然担心在广岛的家人,但吴是我选择留下的地方。"

洋子吃完饭团,仔仔细细地舔着手指上的饭粒,还有没有呢?她偷偷瞄了一眼铃。

还有!

洋子伸手摘掉铃脸颊上的饭粒,放进嘴里。

铃和周作彼此看了看。

洋子抱住铃短短的右手,撒娇似地靠了上去。

"你竟然在广岛活下来了……"

铃用左手轻轻盖上了洋子那小小的手。

爱存在于任何地方。

在不停变化的世界上,到处都散落着我们的爱。

你看。

就像此时此地。

"吴?"

洋子趴在周作的背上,问铃。

"对。这里是吴。"

周作转头看看洋子。"你看。"他指着星空下淡淡浮现出的山脊说道。

"这里被九座山峰守护着,所以被称为吴市[i]。右边的是休山,左边的是钵卷山。中间的那座是灰峰山。山脚下就是我们的家。"

洋子原本还睡眼惺忪地看着周围,不知什么时候已经合上了眼睛。

"咦?睡着了吗?"

起居室里,洋子不停点着头打盹,北条一家围坐在她的周围。

不知怎地,大家开始挠起了身体——好痒啊。

"这孩子身上……"

---

i 在日文中,"吴"的发音源自"九岭",与"九岭"同音。

"可是有不少……"

"虱子啊!"

这下子家里炸开了锅。

"快去用大锅烧水。全家人身上的衣服都要煮上!"阿灿发号施令。

"总之大家先洗澡吧。"周作说。铃一边脱掉洋子身上的衣服,一边问道。

"这孩子最后一个洗吧?"

伯父和伯母也对两个人说,"明天把她带到美军那儿去。"

"带她去涂一点DDT[i]。"

径子重新找出了晴美穿过的衣服。

"晴美的衣服会不会太小了……"

在这个世界的角落里,我们的生活还将继续——

---

i 一种多用于20世纪上半叶的杀虫剂,因其对环境影响较大,现已在多个国家被禁用。